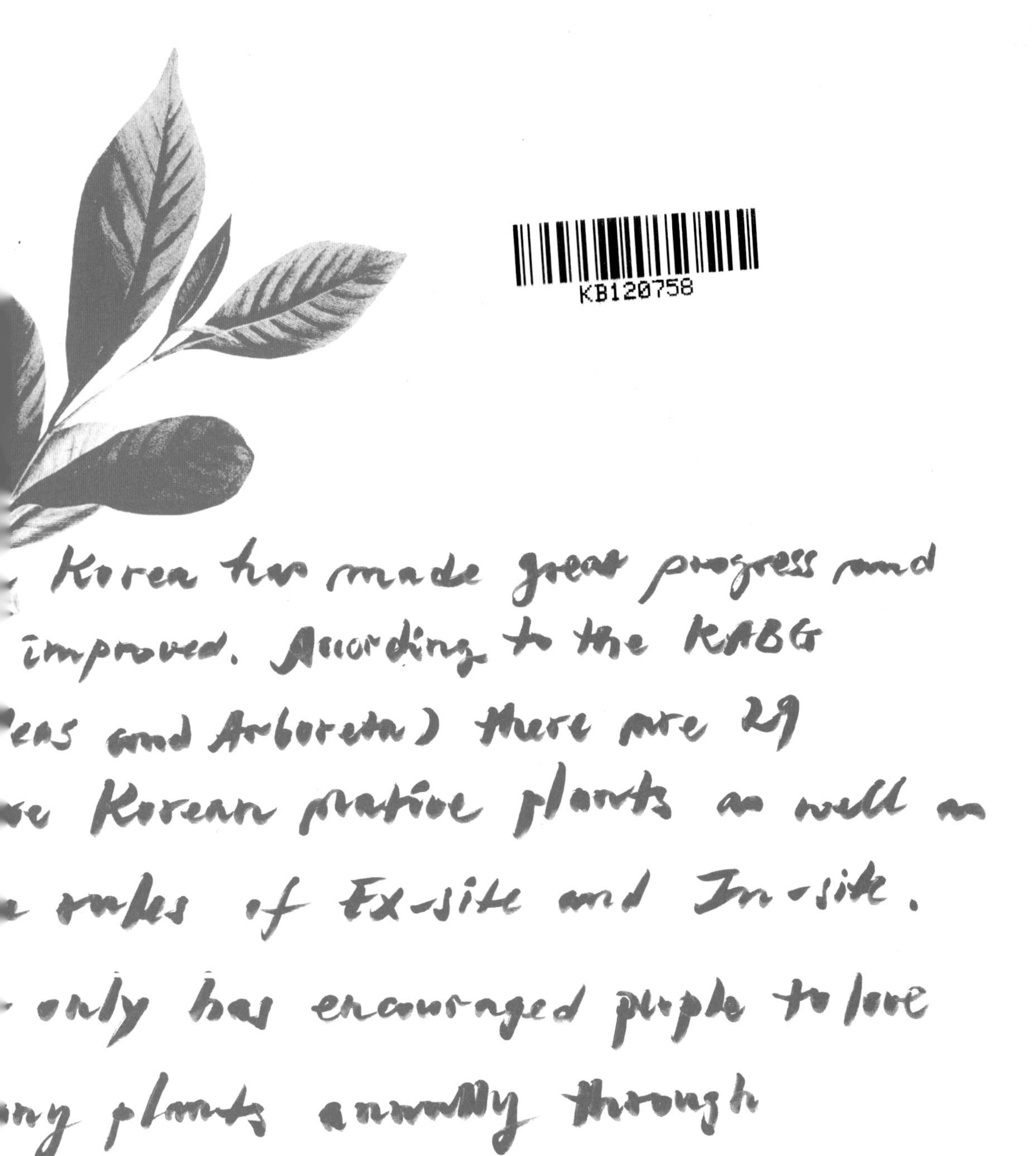
Korea has made great progress and
improved. According to the KABG
eas and Arboreta) there are 29
Korean native plants as well as
roles of Ex-site and In-site.
only has encouraged people to love
plants annually through
side of Korea.
40 years and reflect on our past.

세상에서
가장 아름다운 수목원

세상에서 가장 아름다운 수목원

1판 1쇄 발행 2004. 11. 17.
1판 5쇄 발행 2019. 12. 26.

글 임준수
사진 류기성

발행인 고세규
발행처 김영사
등록 1979년 5월 17일(제406-2003-036호)
주소 경기도 파주시 문발로 197(문발동) 우편번호 10881
전화 마케팅부 031)955-3100, 편집부 031)955-3200 | 팩스 031)955-3111

값은 뒤표지에 있습니다.
ISBN 978-89-349-1509-6 03810

홈페이지 www.gimmyoung.com 블로그 blog.naver.com/gybook
페이스북 facebook.com/gybooks 이메일 bestbook@gimmyoung.com

좋은 독자가 좋은 책을 만듭니다.
김영사는 독자 여러분의 의견에 항상 귀 기울이고 있습니다.

세상에서
가장 아름다운 수목원

임준수 글 | 류기성 사진

김영사

차례

1 세계의 아름다운 수목원

2 나무사랑 반세기

3 나의 전생은 한국인

1

세계의 아름다운 수목원

지구상에는 수천 개의 크고 작은 아름다운 수목원들이 있다.
그들을 하나의 지도로 그려 그 가치를 별의 크기로 나타낸다면
아시아 지역에 중국과 일본 외에 또 하나의 큰 별이 그려진다.
그곳은 바로 우리나라 태안반도에 위치한 천리포 수목원이다.

아시아의 큰 별

지구상에는 수천 개의 크고 작은 수목원들이 있다. 만일 나무와 그림을 좋아하는 호사가가 있어서 마음을 먹고 '세계 수목원지도'를 그린다면 어떤 그림이 나올까. 물론 그리는 사람 개인의 편견이 배제된 세계수목학회나 국제식물학회 같은 권위 있는 기관의 평가를 근거 자료로 삼았을 경우에 말이다.

수목원 평가를 등급 매겨 별의 크기로 나타냈을 경우 가장 큰 별은 세계 6대주 중 어느 곳에 가장 많이 몰려 있을까. 수목원에 관해 웬만한 지식이 있는 사람이라면 그 해답이 '유럽'이라는 것쯤은 쉽게 짐작할 것이다. 그 중에서 특급 별은 영국에 집중돼 있으리라는 것도

다 알 만 한 상식이다.

그렇다면 아시아엔 1등급 별이 어디에 나타날까. 호사가는 당연히 북경식물원과 중산中山식물원이 있는 중국의 베이징과 난징 두 곳과, 고이시가와[所石川]식물원이 있는 일본의 한복판에 큰 별을 그릴 것이다. 그리고 하나가 더 있다. 그 좌표는 북위 36도 46분, 동경 126도 8분. 위치는 한반도 서해안의 한 지점이다. 이곳 태안반도에 그려진 아시아의 큰 별은 바로 미군 장교로 한국에 와서 정착했던 민병갈Carl Miller이 만든 천리포수목원이다.

한국에는 쟁쟁한 박사급 식물학자들이 포진한 광릉 국립수목원과 서울대 관악수목원이 있는데, 일개 사설 수목원이 될 법이나 한 말인가. 수목원의 면적이나 연구 인력으로 봐서는 그 말이 맞는 말이다. 그러나 세계의 수목 전문가들이 알아주는 한국의 수목원은 광릉의 숲이나 관악산 기슭에 있지 않고 태안반도 바닷가에 있다.

천리포수목원이 왜 세계의 수목원지도에서 '큰 별'로 그려질 수 있는지 그 증거물은 이 수목원의 본부건물에서 쉽게 찾아볼 수 있다. 본원 입구에 있는 초가집형 건물의 2층 사무실로 통하는 계단을 오르다 보면 건물 벽에 붙어 있는 동판 기념패가 시선을 끈다. 동판에

천리포수목원은 아시아에서 최초로 국제수목학회에서 수여한 명예훈장과 미국호랑가시학회가 수여한 공인 호랑가시수목원 인증패를 받았다.

는 다음과 같은 영문 글자가 양각돼 있다.

Arboritum Distinguished For Merit By

The International Dendrology

Presented to Chollipo Arboritum

16 April 2000

이 동판은 2000년 국제수목학회The International Dendrology가 아시아 수목원으론 처음으로 천리포수목원에 수여한 명예훈장이다. 국제수목학회 회장은 이해 4월 천리포수목원 '후원회원 우정의 날' 행사에 참석하여 수목원 주인 민병갈에게 직접 이 상패를 전달했다. 상패의 문구는 천리포수목원이 원예학적으로 아시아에서 가장 잘 가꿔진 수목원임을 국제기구에서 공인한다는 의미를 담고 있다. 민병갈은 이를 '세계의 아름다운 수목원'으로 해석하여 수목원의 홍보책자에 활용했다.

천리포수목원의 본부건물 입구엔 이 상패 말고도 미국호랑가시학회가 수여한 '공인 호랑가시 수목원Official Holly Arboritum' 인증패가 걸려 있다. 대저택이나 장원을 가진 내로라하는 부자들이 배타적으로 운영하는 이 단체가 미국 이외의 다른 나라에 인증패를 준 경우는 프

세계의 수목 전문가들이 알아주는 한국의 수목원은 다름 아닌 태안반도 바닷가에 위치한 천리포수목원이다.

랑스에 이어 천리포수목원이 두 번째인 것으로 알려졌다. 민병갈은 이 인증패를 '세계의 아름다운 수목원' 이상의 훈장으로 자랑스러워했다.

국제수목학회나 미국호랑가시학회는 모두 국제적으로 알아주는 연구친목단체다. 국제수목학회는 1952년 런던에서 발족돼 전세계 50여 개국의 500여 수목원이 가입돼 있고, 미국호랑가시학회Holly Society of America는 명칭상으로 미국 단체일 뿐, 관할 지역은 범 세계적이다. 호랑가시Ilex는 크리스마스 장식물로 유행되면서 미국에선 전통적으로 인기가 높은 수종이다.

생명의 정원 천리포

천리포수목원이 국제적인 명망을 누릴 수 있게 된 배경에는 설립자인 민병갈 개인의 노력이 절대적인 비중을 차지한다. 그러나 수목원 자리로써 천리포가 갖고 있는 천혜의 조건도 무시할 수 없다.

천리포 일대는 해양성 기후의 영향으로 같은 위도보다 기온이 따뜻하여 다양한 식물들이 자랄 수 있는 좋은 자연환경을 갖추고 있다. 겨울에는 영하 10도 이하로 내려간 적이 별로 없을 만큼 따뜻하다. 여름철이 크게 덥지 않은 것도 식물 생장에 큰 도움을 준다. 여름 최고 온도가 30도를 넘는 경우는 7~8월 며칠에 불과할 뿐이다.

여름에는 내륙보다 서늘하고 겨울에는 온난한 천리포 기후는 난대성부터 아한대성까지 폭넓은 식물재배를 가능하게 한다. 다양한 상록활엽수들과 고산성 식물들이 어울려 자랄 수 있는 자연환경도 천리포의 장점이다. 천리포수목원이 국내에서 가장 많은 1만여 수종을 보유할 수 있었던 것은 바로 이 같은 천혜의 조건 때문이다.

천리포는 좁은 지역인데도 좋은 자연환경 때문에 수목원이 생기기 전에도 수많은 식물들이 자생하고 있었다. 천리포수목원 조사팀이 조사한 결과를 보면 다른 곳과 비교가 안 될 만큼 그 종류가 다양하다. 목본류로는 곰솔, 소나무, 떡갈나무, 참나무 등 대중 수종을 비롯하여 굴피나무, 졸참나무, 굴참나무, 소사나무, 찰피나무, 소태나무, 생강나무, 산뽕나무, 팽나무, 나도밤나무, 합다리나무, 고로쇠나무, 참회나무, 올괴불나무, 이스라지 등 열거하기 어려울 만큼 많다.

초본식물에선 갯멧꽃, 갯방풍, 갯지치, 갯장구채 등 해안 식물에다 기름나물, 현호색, 천남성류, 곰취, 앵초, 노루귀, 복수초, 승마, 노루오줌, 제비꽃류 등 다양한 분포를 보이고 있다. 이 밖에 쇠고비 고란초 등 양치류와 다양한 화본과 식물들이 자라는 것으로 조사되었다.

민병갈이 이렇듯 천혜의 자연조건을 갖춘 천리포와 인연을 맺게 된 것은 극히 우연이었다. 1962년 그가 최초로 매입한 6,000평은 사실상 마지못해 산 땅이었다. 당시 한국은행 고문직에 있던 그는 한국인 동료를 따라 만리포 해수욕장을 자주 찾다가 딸 혼수비용을 걱정하는 한 노인의 딱한 사정을 듣고 돕는 셈치고 소유하게 된 것이다. 수목원의 모체가 된 이 땅은 그 후 15년간 현재 규모의 18만 평으로 늘어났다.

그런데 민병갈이 우연히 땅을 갖게 된 천리포는 기후 조건도 좋을 뿐만 아니라 입지조건도 수목원 자리로 안성맞춤이었다. 바다를 향해 경사진 나직한 구릉지(해발 120m)는 풍부한 일조량을 제공할뿐더러 해풍을 타고 들어오는 끈적한 운무는 다양한 나무들의 생장을 도왔다. 다만 미흡한 점은 강수량이 적은데다가 토질이 척박하고 바닷바람이 심해 나무들이 풍해와 염해를 입을 가능성이 많은 것이었다. 야산의 일부가 분지를 끼고 있어서 배수의 어려움이 있는 것도 문제였다.

1974년부터 기록된 천리포수목원의 기상 일지를 보면 이 지역의 강수량은 연평균 1,000mm 정도로 다른 지역에 비하여 적은 편이다. 첫서리는 11월 중순에, 늦서리는 3월 중순에 내린다고 적혀 있는데 이는 크게 문제될 것이 없었다. 나무가 잘 자라는 사질 양토가 많지 않은 것이 아쉬웠지만 사질토와 황토 등이 섞여 다양한 생태환경을 보이는 장점도 있었다.

천리포 수목원이 국제적인 명망을 누릴 수 있게 된 것은 민병갈 원장의 개인적 노력과 천혜의 자연 조건이 함께 있었기 때문이다.

민병갈은 수목원을 본격적으로 개발하면서 생각지도 못했던 많은 문제점들과 씨름하지 않으면 안 되었다. 무엇보다 큰 문제는 자신이 수목원에 대한 지식과 경험이 없다는 것이었다. 그러나 그는 인내와 노력으로 문제점들을 하나씩 해결해 나갔다. 강수량이 적은 것은 인공연못을 파서 해결했고 해풍이 심한 것은 방풍림을 심어 대응했다.

민병갈은 처음부터 이곳에 수목원을 차리려고 땅을 산 것은 아니었다. 조금씩 사들인 땅이 3만 평쯤 됐을 때 그는 '아담한 농원'을 꿈꾸고 나무를 심기 시작했다. 그러다가 10만 평 규모로 소유지가 넓어지자 본격적인 수목원 조성을 결심하게 된 것이다. 그런데 뜻밖에도 그가 산 땅은 천혜의 수목원 자리였다. 결과적으로 보면 천리포는 민병갈에게 숙명적인 인연의 땅이었고, 수목원은 그에게 하늘이 점지해 준 필생의 사업이었다.

수목원의 파수꾼

1970년은 천리포수목원의 원년이다. 정식 간판은 달지 않았지만 민병갈이 나무를 심기 시작한 첫해이기 때문이다. 그가 이곳에 처음으로 심은 나무들은 서울 홍릉 임업시험장에서 기증받은 우리나라 재래종이었다. 이와 함께 그가 특별히 공을 들여 심은 나무는 그 자신이 보고 즐기기 위한 것이 아니라 나무들을 보호하기 위한 나무, 즉 방풍림이었다.

방풍림 조성은 수목원의 자연조건에서 결여된 몇 안 되는 천리포의 취약점을 극복하기 위한 민병갈의 첫 번째 도전이었다. 그것은 본원 지역에서 자라는 나무들에게 바람막이를 마련해 주는 작업이었다. 그가 초기에 매입한 땅(본원의 일부)은 바다를 끼고 있었기 때문에 해풍이 바로 닿는 곳이었다. 세찬 바닷바람은 새로 심어 놓은 나무들을 뿌리째 흔들어 놓기 일쑤였다.

민병갈은 고심 끝에 해안을 따라 방풍림을 심기로 했다. 수종은 천리포 일대에서 많이 자생하는 곰솔로 정했다. 이 모든 것들은 수목 전문가 조무연(당시 홍릉 임업연구소 연구관)의 조언에 따른 것이었다. 그가 곰솔을 방풍림 수종으로 정한 것은 남벌로 사라져 가는 천리포의 곰솔 숲을 되살리려는 뜻도 담겨 있었다.

곰솔은 해안에서 잘 자라는 소나무인 해송의 다른 이름이다. 곰솔과 해송이라는 이름은 민병갈의 오랜 친구이자 학문적인 라이벌 관계에 있었던 이영로와 이창복 등 두 원로 식물학자가 지은 이름이다. 곰솔은 큰 키에 비해 몸통이 가늘어서 바람이 닿으면 이리 구불 저리 구불 잘도 휜다. 그래서 세찬 바람에도 끄떡없이 해풍을 막아주는 역할을 했다.

해안 급경사를 따라 방풍림을 심는 일은 많은 어려움이 따랐다. 자갈투성이의 땅을 파기도 힘들거니와, 심은 나무에 물을 주는 일도 골칫거리였다. 당시 천리포엔 전기가 들어오지 않아 모터펌프로 급수를 할 수 없는 상황이었다. 인부들이 물지게로 동네 우물에서 물을 퍼 날랐지만 쉬운 일이 아니었다. 몇 십 그루 심다 보면 해가 저물기 예사였다. 인부들이 시간만 때우려는 것을 눈치 챈 민병갈은 하루에 심어야 할 분량을 정해 놓고 일당을 지불하는 미국식 방법을 쓰기도 했다.

1970년대 어려웠던 시절, 수목원에서 품팔이로 나무를 심어 생계를 꾸렸던 천리포 주민들은 이제 거의 다 노인이 됐다. 그들은 어두워서 더 이상 나무를 못 심겠다고 불평하면 광솔로 만든 횃불을 밝혀주며 일을 독려하던 이방인을 지금도 생생히 기억하고 있다. 이렇게 어렵사리 심은 해안의 소나무들은 30여 년간 아름드리로 자라 본원 식물들의 해풍 피해를 막아주는 파수꾼 노릇을 톡톡히 하고 있다.

병풍을 쳐놓은 듯 본원 외곽을 감싸고 있는 곰솔들은 바닷바람이 거세지면 윙윙 소리를 내며 춤을 춘다. 만년의 민병갈은 석양 무렵이면 방풍림의 오솔길을 산책하며 해안정취를 즐기는 버릇이 있었다. 송림 사이를 지나는 바람소리를 반주삼아 춤을 추는 곰솔들의 춤사위를 보는 것이 그에겐 더없는 즐거움이었다.

연못이 준 선물

연꽃과 수련, 버드나무와 다양한 습지식물이 자라고 있는 연못은 천리포수목원의 명소이다.

수목원 초창기 민병갈이 나무를 심으면서 겪은 가장 큰 어려움은 나무에 줄 물이 모자라는 것이었다. 처음에는 인부들이 물지게를 지고 동네 우물에서 물을 퍼 날랐다. 그러나 그 일을 일주일이 넘게 계속 하자 모두 지쳐버리고 말았다.

수도와 전기. 민병갈은 이 두 가지의 기반 시설이 먼저 완성되지 않으면 수목원은 꿈에 불과하다는 것을 깨달았다. 그래서 우선 서울에서 발전기를 구입해와 설치했다.

발전기를 갖추고 나니 이번엔 지하수의 수맥을 찾아 파이프를 묻는 난제가 뒤따랐다. 천리포는 바닷가인데

다가 강수량이 적어서 지하수 웅덩이가 많지 않았다. 농사 경험이 많은 인부들이라 해도 감각에 의존한 수맥 찾기에는 한계가 있었다.

삽과 괭이로 힘겹게 땅을 팠지만 물이 나오지 않아 다시 뒤엎기를 수십 차례. 그러나 수맥을 제대로 찾은 것은 대여섯 번에 불과했다. 결국 우물로 물을 대기에는 역부족이라는 사실을 알게 됐다. 남은 방법은 연못을 파는 길밖에 없었다.

연못 자리는 2천여 평의 논이 있던 곳으로 정했다. 중장비가 없던 시절이라서 삽과 지게 등 농기구로만 땅을 팠으니 쉬울 리가 없었다. 두 달 만에 일을 끝내고 장마철에 웅덩이 안으로 빗물을 끌어들였다. 이 연못 덕분에 수목원은 물 걱정을 덜게 되었다. 나무를 심는 날이면 연못에 연결된 파이프에 호스를 연결하여 쉽게 물을 댔다. 지금도 가뭄이 들면 물 걱정을 하지만, 예전에 비하면 천국이나 다름없다.

민병갈은 관개용으로 연못을 팠지만 그 이상의 용도를 마음속에 두고 중간 중간에 흙무덤을 만들어 물가나 물속에서 잘 자라는 화초를 심었다. 얼마 후, 갈대가 서서히 올라오더니 풍성한 숲을 이루었고 연꽃, 수련, 마름이 둥둥 떠올랐다. 그 후 연못 주변은 다양한 버드나

무 종류와 습지식물이 자라는 명소가 됐다.

천리포수목원 본원에는 두 개의 인공 연못이 있는데 나중 것은 관개용이 아닌 관상용으로 만든 것이다. 민병갈은 먼저 만든 것을 '큰 연못'으로 이름 지었다. 그 옆에 있는 '작은 연못'은 수련으로 덮여 있다. 이들 두 연못은 주변에 심은 목련과 어울려 수목원에서 가장 아름다운 곳으로 꼽힌다.

특히 큰 연못은 생태계의 낙원이다. 논을 깊이 파서 만든 이 연못에는 잉어, 장어 등 물고기는 물론 흰뺨검둥오리, 청호반새, 해오라기 등 철새들이 해마다 찾아온다. 그 중 흰뺨검둥오리는 아예 보금자리를 틀어 새끼를 치는 단골이다. 그래서 가을이 되면 민병갈은 직원들에게 큰 연못 접근 금지령을 내리고 새끼보호에 각별한 신경을 썼다.

흰뺨검둥오리 어미가 어쩌다가 새끼들을 데리고 연못을 나와 이웃에 있는 논으로 나들이를 하게 되면 민병갈은 먼발치에서 망원경으로 오리가족들을 관찰하느라 날이 저무는 줄 몰랐다. 그가 세상을 떠난 뒤 큰 연못을 향해 큰 창이 나 있는 원장실 창가에는 쌍안경 한 개가 오랫동안 놓여 있었다.

큰 연못에서 논두렁으로 이어지는 작은 통로는 일부

러 만든 '오리길'이다. 이제는 그 길이 흔적도 없이 사라졌지만 나이든 수목원 직원들은 논두렁을 지날 때마다 생태계 보호에 남다른 정성을 쏟았던 민병갈을 기억하며 오리길의 추억에 잠긴다.

연못가에 자리 잡은 네 마지기의 논은 지금도 옛날 그대로 남아 있다. 이곳은 재래식 유기 농법으로 농사를 짓기 때문에 개구리나 메뚜기들이 왕성한 번식을 하며 항상 제철을 즐긴다.

낭새들이 돌아오기를 꿈꾸며

방풍림이 있는 본원의 언덕 위에서 바다를 바라보면 바로 코앞에 숲으로 덮인 섬 하나가 떠 있다. 면적이 4ha(12,000평)가량 되는 꽤 넓은 섬이지만 물이 나오지 않아 사람이 살지 않는다. 이 섬은 원래 상록활엽수로 덮여 있었으나, 1970년 매입 당시엔 주민들의 남벌로 크게 훼손된 상태였다. 수목원 사업을 본격화하면서 민병갈은 이곳에 곰솔을 집중적으로 심었다.

닭이 웅크리고 앉아 있는 듯한 이 섬의 원래 이름은 닭섬이었다. 그런데 민병갈은 섬 주인이 되자마자 섬 이름을 '낭새섬'으로 바꿔버렸다. 닭이라면 생리적으로 싫어했던 그는 천리포 주변의 생태계 자료에서 닭섬에 낭새가 서식했다는 기록을 발견하고 '잘됐다' 싶어 이같이 정한 다음, 수목원의 모든 기록에 '낭새섬'을 쓰도록 했다.

낭새는 지금은 더 이상 이 섬에 살지 않는 바다직박구리의 지방 속명이다. 태극 문양처럼 파란 머리와 붉은 가슴을 가진 이 새는 민병갈의 마음에 쏙 들었다. 그는 섬 이름을 바꾼 뒤 낭새가 다시 나타나기를 은근히 기다렸지만 이 아름다운 물새는 그의 생전에 끝내 돌아오지 않았다. 천리포 주민들은 지금도 여전히 이 섬을 닭섬으로 부르지만 수목원 직원들의 입에는 낭새섬이란 호칭이 자연스럽게 배었다.

민병갈은 닭을 굉장히 싫어했다. 닭고기는 냄새조차 싫어했다. 심지어 수목원 정문 앞에 있는 농가 주인을 찾아가 닭을 키우지 말아 달라고 부탁할 정도였다. 그는 닭을 싫어하는 이유를 스스로 밝힌 적은 없으나 그를 잘 아는 미국사람들은 민병갈이 궁핍한 소년기를 보낼 때 가계를 꾸리기 위한 수단으로 집 안에서 닭을 키운 불행했던 기억 때문일 거라는 추측을 한다.

수목원 해안에서 불과 300미터 정도 떨어져 있는 낭새섬은 썰물 때는 걸어서 건널 수 있을 만큼 왕래가 편리하다. 그러나 나무를 심기에는 많은 어려움이 따랐

다. 물때를 맞춰야 하는 불편함이 있는 데다 물이 없기 때문에 급수차를 동원해야 하는 부담이 따랐다. 민병갈은 방풍림이나 연못을 조성할 때처럼 모든 어려움을 무릅쓰고 10년에 걸쳐 나무를 꾸준히 심었다.

사람의 손을 거의 타지 않는 이 섬엔 후박나무, 참식나무, 가시나무, 동백, 돈나무, 다정큼나무 등 우리나라 자생의 상록활엽수가 많이 심어져 있다. 민병갈은 자신이 발견한 완도호랑가시나무를 비롯하여 감탕나무, 먼나무, 조록나무, 육박나무도 심었다. 그는 생전에 이 섬 전체가 울창한 상록활엽수로 뒤덮이기를 바랐지만 끝내 보지 못하고 세상을 떠났다.

쓰라린 시행착오

민병갈이 천리포수목원을 운영하면서 기술적으로 어려움을 겪었던 시기는 외국산 나무를 집중적으로 도입한 1972년부터 1982년까지 11년간이다. 수목원 일지를 보면 이 기간 동안 들여온 해외 식물은 무려 11,600여 종에 이른다.

그러나 천리포의 기후 조건과 토양에 적응하여 살아남은 것은 그 중의 절반도 되지 않았다. 1990년대 초반까지 수목원에서 자라던 식물이 7,000여 종이고, 그 중 40퍼센트가 국내산인 것을 감안하면 그 실패의 규모를 짐작할 만하다. 현재 천리포수목원에서 자라고 있는 식물은 1만여 종에 이른다.

천리포 해안의 황량한 야산에서 수목원의 첫 삽질을 시작한 지 몇 해 안 됐을 무렵, 숙소 겸 사무실로 쓰던 한옥에서 민 원장은 매우 괴로운 표정을 짓고 있었다. 그 한옥은 서울에서 도시계획으로 헐리는 집을 옮겨 지은 것으로 민 원장은 '정자'라고 옥호를 붙여 수목원 사무실로 사용했다.

"내 잘못이 컸어. 나무에 대해서 아는 게 너무 없었던 거야. 나무가 죽을 때마다 나는 화가 나서 내가 뭘 잘못한 거지라고 자문했지."

민병갈의 낙천적 성격을 잘 알고 있던 수목원 직원들은 전례 없이 낙심해 있는 원장의 모습을 보고 몹시 불안했다. 당시 민 원장이 그토록 슬퍼했던 이유는 외국에서 씨앗을 들여와 배양시킨 나무들이 한둘씩 고사하고 있었기 때문이었다. 나무가 왜 죽었을까? 나무라면 친자식처럼 생각하는 분인데, 나무를 죽게 내버려둘 분이 아닌데, 외국 나무가 왜 적응을 못했을까? 직원들은 그쯤 생각했다.

민병갈은 그로부터 20년이 지난 뒤에도 당시의 아픔을 잊지 못했다.

"내가 여섯 그루를 심었는데 2년 후에 다 죽어버렸어. 미국에서 들여온 세 그루도 시름시름 앓더니 끝내

세월이 흘렀지만 민 원장이 직접 썼던 나무에 대한 실패와 성공의 기록들은 아직도 생생하게 남아 있다.

죽더군. 어린 나무를 들여와 그냥 심으면 되는 줄 알았는데 그게 아니었어."

지금은 현대식으로 지은 천리포수목원 사무실엔 그 실패의 기록들이 서류철에 생생히 남아 있다. 해묵은 서류철의 종이는 누렇게 변색돼 있지만 민 원장의 타이핑 글씨와 육필 주석은 아직도 또렷하다. 겉면에 큼직한 매직펜 글씨로 '1972' 라고 적혀 있는 서류철엔 다음과 같은 기록이 있다.

Euonymus fortunei var. radican Q 6

Robinia hispida Q 3

Dogwood, Giant Q 4

여기서 Q는 나무의 수량을 뜻한다. 라틴어나 영어로 타이핑된 세 종류의 나무 이름들 옆에는 민 원장의 연필 메모가 적혀 있다. 그가 연필을 사용한 것은 잉크나 유성 글씨보다 더 오래 보존된다는 과학적 근거 때문이었다.

DEAD.

All died.

Two of three died.

나무의 죽음을 기록한 메모는 그의 아픈 마음의 기록

이기도 했다. 서류철을 자세히 보면 나무들의 사망 기록은 민 원장이 나무를 제대로 알지 못한 채 무작정 수목원을 시작했던 1970년대 초반에 집중되어 있었다.

서류철엔 그의 세심한 기록 습관이 잘 나타나 있다. 수목원 조성 초기의 일지는 대부분 그가 직접 쓴 것인데, 영문으로 타이핑한 서류엔 한글과 한자로 쓴 육필이 군데군데 눈에 띈다. 민병갈은 나무를 심은 위치와 새로 조성한 화단의 구조를 그림으로 세밀하게 나타내기도 했다. 이렇게 기록된 서류들은 100여 권의 책으로 묶여져 천리포수목원의 역사를 담은 귀중한 자료로 남아 있다.

수목원 일지를 보면 1972년 봄에 심은 외국산 나무들은 거의 실패작으로 끝났다. 미국 팅클 양묘장에서 들여온 꽃산딸, 줄사철 등 39그루가 천리포의 자연조건에 적응을 못하고 죽거나 제대로 자라지 못했는가 하면, 함께 심은 종자들도 싹이 트지 않았다. 같은 위도에서 자라는 나무도 생장풍토가 다르면 적응을 못한다는 사실을 민병갈은 이때 처음으로 알았다.

외국산 나무의 실패를 줄이는 방법은 온실을 늘리는 것이었다. 그 전의 온실은 종자의 싹을 틔우거나 한냉성 나무를 키우기 위해 활용했으나 다양한 외국산 나무를 키우기 위해선 온도 차이에 따라 세분화된 온실이 필요했다. 민병갈은 수목원의 온실은 11개로 늘리는 한편 서울 연희동 자택의 온실도 대폭 보강했다.

일주일 중 나흘간 서울에 머물렀던 그는 외국나무를 들여오면 자택에서 온갖 정성을 다해 생장을 돌봤다. 풍토 적응이 잘 안 된다 싶으면 10년이 넘어도 천리포로 옮기지 않았다. 그 바람에 호주산 새우나무shrimp tree 한 그루는 20년간 연희동 집 안에서 살아야 했다. 천리포로 옮겨진 어린 나무는 다시 수목원 온실에서 수개월간 적응 훈련을 받은 뒤에야 야외로 이식됐다.

세계의 나무를 천리포로

천리포수목원에는 10,300종의 식물들이 자라고 있다(2003년 10월 기준). 총 면적은 618,397㎡(18만 7.065평, 61ha). 중점적으로 수집된 나무는 목련류 410종, 감탕나무류 400종, 동백나무류 320종, 단풍나무류 200종 등이다. 이 중 목련류는 수집 규모로 볼 때 단연 세계최고 수준인 것으로 알려져 있다. 감탕나무류와 동백류 수집도 국제적인 규모로 평가되고 있다,

목련나무와 감탕나무 등 '간판' 수종 말고도 천리포수목원엔 다양한 나무들이 자란다. 침엽수류, 녹나무과, 조록나무과, 장미과, 분꽃나무속, 매자나무속, 서향나무속 등이 그 주류를 이룬다. 민병갈은 원래 목본木本

민병갈은 국가간 종자교환 프로그램인 인덱스 세미넘을 통해 다양한 수종을 확보했다.

중심으로 수집을 했으나 2000년부터는 초본성 식물 수집에도 관심을 기울였다. 이들 식물은 모두 '호적'을 갖고 있는데, 수목관리대장을 보면 과명, 원산지, 도입처, 도입년월일, 식재장소, 도입일련번호, 특기사항 등이 기록돼 있다.

1970년 민병갈이 처음으로 심은 나무들은 모두 우리나라 자생목이다. 이들 대부분은 홍릉임업연구소에서 기증받은 나무들이고 일부는 전북임업시험장과 몇몇 재배상으로부터 구입한 것이다. 이들은 사실상 천리포 수목원의 '원조' 나무들인데 그 중엔 천리포에서 가까운 대뱅이섬에서 캐 온 후박나무와 동백나무도 몇 그루 포함돼 있다.

수목원 일지를 보면 1971년부터 1973년까지 3년 동안 본원지역에 심은 나무는 모두 국내산 160종류였다. 어느 정도 나무에 눈을 뜨기 시작한 민병갈은 1973년부터 눈을 국외로 돌려 다양한 종류의 외국산 묘목과 종자를 들여왔다. 이때 비로소 민병갈은 본격적인 수목원을 구상하고 토지를 추가로 매입하는 한편 점진적으로 보유수종을 늘여나갔다.

수종의 확보는 기본적으로 야외채집, 종자교환, 외부구입 등 세 가지 방식으로 이루어진다. 그 밖에 기증,

변이종 발견 등으로 수집되기도 한다.

천리포수목원이 자랑하는 다양한 외국 수종은 1974~1977년 사이에 집중적으로 수집됐다. 주로 미국과 영국의 유명한 재배가들로부터 사들였는데 나중엔 호주, 일본, 대만 등지로 도입선을 확대했다. 민병갈이 특별한 애착을 갖는 목련류와 호랑가시(감탕나무)류도 이 시기에 많이 들여왔다.

민병갈은 왜성침엽수를 포함한 침엽수 등 식물군에도 특별한 관심을 기울여 매년 체계적으로 수집했다. 이와 함께 동백나무속, 매자나무속, 뿔남천속, 노각나무속, 피나무속, 녹나무속 등도 꾸준히 수집했는데, 구하기 어려운 외국 수종은 종자교환이나 수입을 통해 확보했다.

민병갈이 천리포수목원의 세계화를 위해 가장 공들인 부문은 인덱스 세미넘Index Seminum이라는 식물목록 발행을 통한 다자간의 종자교환이었다. 천리포수목원이 국내에서 가장 많은 외국산 나무를 확보할 수 있었던 것은 일찍부터 다국간 종자교환 협약에 참여했기 때문이었다. 이 협약은 지구촌 식물자원의 공유와 보존을 위해 결성된 것으로 세계 각국의 저명한 식물원, 수목원, 자연사박물관 및 대학식물학과 등이 가입돼 있다.

인덱스 세미넘이란 '잉여종자 목록'을 의미하는 것으로 가입기관은 자국에서 채집한 종자 중 잉여분의 목록을 발행하여 배포하고 이를 요청하는 회원에겐 무료로 종자를 주게 돼 있다. 일종의 국가간 종자교환 프로그램인 셈이다. 천리포수목원은 1978년 국내 기관으론 처음으로 이 국제협약에 참여하여 다양한 외국 수종들을 수집할 기회를 갖게 되었다. 종자교환은 1978~1982년에 가장 활발하게 이루어졌는데 2003년까지 40개국 150여 기관과 교류관계를 맺었다.

그런데 국내 일부 자생목 보호단체와 언론기관에서 이를 곱게 보지 않았다. 한 공영 TV에서 자생식물 씨앗을 해외에 보낸 것에 대해 '토종 식물의 국외 유출'이라고 문제를 제기하자 민병갈은 '우물 안 개구리 같은 발상'이라고 크게 상심했다. 이에 그의 오랜 친구이자 한국자생식물 보존회장이던 식물학자 이창복이 한 언론 회견을 통해 '한국 식물이 세계식물지도에 편입된 것은 전적으로 민 원장의 공로'라고 말해 공개적으로 위로의 말을 했지만 그의 상심은 좀처럼 풀리지 않았다.

한국식물이 세계식물지도에 편입된 것은 민 원장의 공로가 크다.

천리포수목원의 메카 '본원'

18만 평에 이르는 천리포수목원의 관할 부지는 모두 7개 지역으로 나누어져 있다. 이들 지역은 하나로 묶여 있지 않고 여러 덩어리로 흩어져 있다. 땅이 이렇듯 분산된 것은 민병갈이 10여 년에 걸쳐 토지를 조금씩 매입했기 때문이다. 수목원 땅이 여러 개로 쪼개져서 관리나 작업에는 불편한 점도 있지만, 지역별로 토양이나 기후 조건에 따라 특색 있는 식물군을 갖게 해주는 장점도 있다.

천리포수목원의 7개 구역 중 일반인이 볼 수 있는 곳은 2만 평 규모의 본원 한 곳 뿐이다. 낭새섬을 포함한 나머지 여섯 군데는 사람의 발길이 닿지 않도록 출입 통

나무의 철저한 보호를 위해 천리포 수목원은 7개 구역중 본원만을 일반인에게 공개하고 있다.

제를 하기 때문에 그야말로 '나무들의 천국' 으로 보존되고 있다.

수목원의 본부 사무실이 있는 본원은 처음으로 나무를 심기 시작한 곳으로 수집된 나무의 종류도 가장 많다. 민병갈이 처음으로 매입한 6천 평과 인공으로 만든 두 개의 연못, 그리고 방풍림도 이곳에 있다. 민병갈의 개인적인 노력이 가장 집중된 곳이다.

본원은 천리포수목원 전체에서 가장 아름다운 곳이다. 난대성 상록활엽수들이 많이 심겨진 이곳은 바다에서 멀리 보면 아름다운 해안국립공원의 경관과 어우러져 절경을 이룬다. 이곳을 찾는 이들은 우선 두 개의 연못이 풍기는 호수의 정취에 매료된다. 수면을 덮은 수련이나 그 주변에 심겨진 각종 습지 식물들은 시간이 정지된 듯한 고요함과 그윽한 호반의 정취를 자아낸다.

연못을 지나 언덕으로 통하는 오솔길에 들어서면 좀 특이한 나무들이 눈에 띈다. 이곳엔 1백 년이 넘은 초가집 너머로 수목원 초기에 수집된 외국산 수종들이 울창한 숲을 이루고 있다. 그래서 본원은 외국산 나무의 전시장이나 식물학도들의 견학용으로 자주 활용된다.

큰 연못의 남쪽에는 소규모 사구 지역으로 여러 종류의 목련들이 심어져 있다. 그 옆에 있는 '작은 연못' 은

여름이면 수련 꽃으로 덮인다. 가을이 돼서 수련의 아름다움이 한 풀 꺾이면 주변의 낙우송과 메타세쿼이어, 닛사 등의 고즈넉한 자태가 수면에 드리워져 한 폭의 풍경화를 연상시킨다. 봄에는 꽃창포와 수선화가 그 아름다움을 대신한다.

작은 연못에서 북쪽으로 완만한 경사를 오르면 제법 크게 자란 수목들이 작은 숲을 이룬 것을 볼 수 있다. 이른 봄부터 수선화, 설강화snowdrop가 만발하는 언덕을 지나 우측으로 이어진 작은 오솔길을 지나면 '씨앗밭'이라 불리는 작은 분지가 나온다. 이곳은 각종 크고 작은 수목류와 초화류가 뒤섞여 자라는 곳인데 풍년화, 목련, 때죽나무, 다정큼나무, 섬초롱꽃, 섬백리향, 말발도리, 벚나무 등이 연중 다양하게 꽃을 피운다.

바다와 맞붙어 있는 본원의 서쪽은 수많은 곰솔들이 모여 해안절벽을 따라 방풍림을 형성하고 있다. 그곳에서 발길을 돌려 동쪽으로 가면 또 다른 곰솔 숲을 만나는데, 그 송림 안에 있는 동백원과 만병초원이 또한 아름답다. 만병초들은 4월부터 5월까지 주변의 동백들이 피운 형형색색의 꽃과 어울려 송림사이로 화려한 꽃 잔치를 벌인다. 이곳의 동백은 그 종류가 3백여 가지가 넘어 천리포수목원의 또 다른 명소로 꼽히고 있다.

다시 발길을 돌려 본부 건물 쪽으로 내려오면 천리포수목원의 자랑거리인 감탕나무 숲을 만나게 된다. 그 종류는 4백 여종이나 된다. 잎 모양이 호랑이 발톱 같다 하여 호랑가시로 불리는 아일렉스 무리는 그 다양성에 있어서 세계적인 규모로 알려졌다. 천리포수목원이 미국호랑가시학회로부터 '공인 호랑가시 수목원'으로 인정받은 것도 그 때문이다.

그러나 천리포수목원의 간판 수종은 역시 목련이다. 수집된 종류는 2003년 10월 기준으로 410종에 이르는데 세계 어느 수목원을 가 봐도 이만큼 목련을 수집한 곳이 없다. 천리포수목원 이름 앞에 '세계적'이라는 수식어가 붙는 것은 바로 목련 때문이다.

천리포수목원엔 본원과 낭새섬 말고도 목련원, 침엽수원, 사구 지역, 큰골, 기타 지역 등 다섯 군데가 더 있다. 일반에 공개되지 않는 이곳들은 사방으로 철조망을 쳐서 외부인의 출입을 철저히 통제하고 있다. 특히 가장 넓은 기타 지역에선 가막살나무, 참나무, 호랑가시나무, 노각나무 등 수종별로 10개 구역을 정해 나무끼리만 사는 나무들의 천국을 이루고 있다. 나무는 사람을 위한 것이 아닌 그 자체가 존엄한 생명체라는 민병갈의 나무사랑이 생생하게 살아 있는 곳이기도 하다.

사시사철 목련 동산

천리포수목원의 '스타 나무'는 역시 목련이다. 이곳에선 목련이 4월의 꽃이 아니다. 그 찬란한 빛의 향연은 4월에 절정을 이루지만, 봄이 지나고 겨울이 와도 이곳에선 우아한 목련이 질 날이 없다. 세계 각지에서 들여온 온갖 진귀한 품종들이 교대로 꽃을 피우기 때문이다. 이를테면 태산목의 교배종인 '리틀 잼'은 여름부터 초겨울까지 꽃이 핀다.

그래도 목련은 4월이 제철이다. 목련을 남달리 좋아했던 민병갈은 4월이 가까워지면 대외 활동을 가급적 자제했다. 겨우내 인고의 시간을 보낸 목련들이 눈부신 햇살 아래 활짝 꽃망울을 터트리는 모습을 놓치고 싶지 않았기 때문이다. 이른 봄이면 그는 천리포의 목련원에서 살다시피 했다. 봄볕 아래 고즈넉이 피어나는 꽃잎 하나하나에 그는 정신을 빼앗겼다. 목련꽃 그늘 아래를 거니는 그의 모습은 탈속한 옛 선비의 시구를 떠올리게 했다.

꽃다운 애정과 향기로운 생각이 얼마인지 아는가.
산사의 뜨락에 핀 목련은
내가 세속 버린 걸 한없이 후회하게 만드노니.

4월 초쯤 목련원에 들어서면 민병갈이 아니더라도 목련꽃 무리의 환상적인 아름다움에 취하지 않을 사람이 없다. 옥돌로 조각해놓은 듯한 백목련은 학의 날개처럼 우아하다. 어떤 목련은 백옥 같고 어떤 목련은 자수정 같은 꽃을 피운다. 거기에다 향기 또한 은은하니 남달리 마음이 여렸던 민병갈로서는 마음을 뺏기지 않을 수 없었다. 목련철이 되면 수목원 직원들 간에 목련 한 송이 앞에서 눈물을 짓는 원장의 모습이 화제가 되곤 했다. 평생 독신으로 살았던 그에겐 화사한 꽃망울로 자신을 반기는 목련이 친자식이나 다름없었다.

"하고 많은 나무 중에 하필이면 목련인가요?"

민병갈을 잘 아는 사람들은 목련에 집착하는 이유가 궁금하여 이렇게 자주 묻는다. 실제로 그의 주변은 온통 목련이다. 그가 가장 공들여 지은 한옥도 목련집이고 그가 많이 이용하는 후박집이나 원장실에서 밖을 보면 가장 먼저 눈에 띄는 나무가 목련이다. 서울 사무실의 그림도 목련이고 집 안의 양탄자에도 목련이 수놓아져 있다.

"우선 꽃이 아름답잖아요. 이 꽃들을 봐요. 얼마나 귀엽고 우아해요. 산목련은 얌전해 보이는데 별목련은 장난치는 것 같아요."

옛 사람은 꽃은 옥이요, 향기는 난초와 같다 하여 옥란이라 불렀다. 민병갈은 목련 중에서도 우리나라 재래종인 산목련을 좋아했다. 그래서 천리포수목원의 심벌마크도 산목련이 됐다. 그는 북한이 산목련을 국화로 삼아 목란이라고 이름을 붙인 것을 은근히 반겼다.

"목련은 수목원을 시작할 때 나에게 희망을 주었어요. 외국에서 들여온 나무들이 많이 죽어서 실의에 빠져 있을 때 목련만은 꽃을 활짝 피워 수목원 사업을 계속하도록 용기를 북돋아주었지요. 천리포에서 잘되고, 천리포를 좋아하는 나무들을 자꾸 심다 보니 우리 수목원에 목련이 많아진 겁니다."

천리포수목원에서는 사시사철 우아한 목련을 만날 수 있다. 세계 각지역에서 들여온 온갖 진귀한 목련들이 교대로 꽃피우기 때문이다.

목련은 수목원 조성 초기에 민병갈에게 희망을 준 나무였다.
많은 나무들이 죽어갈 때 목련만은 천리포토양에 적응하여
꽃을 활짝 피웠기 때문이다.

민 원장은 수많은 외국 나무들이 한국의 자연 풍토에 적응 못하고 죽은 것이 자기 잘못이라고 자책하고 있었다. 경험 부족으로 실패를 거듭하고 있을 때 목련만은 강인한 생명력을 보여 좌절한 그에게 수목원에서 삽질을 계속하도록 의욕을 심어주었던 것이다. 실제로 목련은 내한성이 강하고 뿌리가 잘 퍼져 특별한 관리를 안 해도 잘 자라는 특성이 있다.

"흔히 일컬어지는 목련은 중국에서 건너온 백목련을 뜻하는 것으로 '진짜 목련'은 제주 지방의 자생종 하나뿐이에요. 일명 고부시목련이라고도 하지요. 한국에서 볼 수 있는 목련속 식물은 목련과 백목련 외에 자목련, 태산목, 일본목련, 별목련, 산목련 등 일곱 가지 정도이지요. 이들 중 상록성인 태산목과 낙엽성인 백목련, 자목련은 주로 원예용으로 쓰이고 있습니다"

민병갈과 어느 정도 가까워지면 '목련 특강'을 듣게 된다. 그는 많은 사람들이 일본목련이 후박이고, 함박꽃나무가 산목련이라는 것을 자꾸 혼동한다고 말했다. 그가 유난스레 목련을 좋아하게 된 것은 사실상 그의 소박한 인간미에서 비롯된 것 같다.

천리포수목원에 목련이 들어선 것은 1972년 대전의 만수원에서 함박꽃과 목련을 구입한 것이 시초였다. 뒤

이어 태산목, 일본목련, 백목련, 자목련, 별목련 등 국내에서 구하기 쉬운 목련들을 차례로 확보했다.

1973년부터 민병갈은 해외로 눈을 돌려 미국의 팅글스(매릴랜드 주)와 고슬러스(오레곤 주) 등 두 식물재배소에서 큰별목련*Magnolia x loebneri*과 별목련*Magnolia stellat* 등 35종의 목련 종류를 들여왔다. 영국 트레서더스(콘웰)도 단골 거래처였는데 1990년에는 영국과 뉴질랜드산 목련을 추가로 대량 수입했다. 이들 외국산 목련들은 현재 4개 지역에 분산돼 있다. 지구상에 존재하는 목련 무리는 5백여 종인 것으로 알려져 있는데, 그중 4백여 종이 천리포수목원에 있다.

호랑가시와 동백

호랑가시는 목련과 함께 천리포수목원을 대표하는 간판 수종이다. 민병갈이 호랑가시를 특별히 좋아하게 된 것은 '바라보는 즐거움' 때문이었다. 실제로 호랑가시는 개화기가 짧은 목련과 달리 잎의 모양새가 변화무쌍하고 사시사철 꽃과 열매의 향연을 펼쳐 연중무휴 아름다움을 자랑한다. 그래서 민병갈은 '홀리Holly는 나를 홀려요'라며 영어와 우리말을 섞은 농담을 곧잘 했다. 홀리는 호랑가시Ilex의 미국 속명이다.

잎 모양이 호랑이 발톱 같다고 호랑가시로 불리는 홀리는 크리스마스 장식으로 인기를 끌면서 미국에선 홀리학회라는 단체까지 생겼다. 전세계의 홀리를 아우르는 미국호랑가시학회Holly Society of America는 민병갈과 오랜 교분을 갖고 천리포수목원의 호랑가시 수집을 전폭적으로 지원했다. 민병갈이 한국의 자연과 나무를 해외에 소개하는 단골 창구는 이 학회에서 발행하는 계간지《홀리 저널》이었다.

호랑가시는 해양성 기후에서 잘 자라는 나무라서 천리포에 심기에 알맞은 수종이기도 했다. 민 원장은 이 사랑스러운 나무에 남다른 관심을 갖고 수집을 계속하여 천리포수목원에 400여 종을 모았다. 1960년대 말에 결성된 한국홀리협회는 민병갈이 만든 것이다.

민병갈이 호랑가시에 특별한 관심을 갖게 된 데는 또 다른 이유가 있다. 한국의 자생 호랑가시 하나를 발견하여 국제학회로부터 공인받은 자부심이 그것이다. 그가 이름붙인 완도호랑가시는 학명에 그의 이름이 붙여져 세계 식물도록에 등재돼 있을 뿐만 아니라 전세계 식물원의 수집 리스트에 오르게 됐으니 자부심을 가질 만도 했다.

완도호랑가시는 우리나라의 자생종이지만 이제는 세계의 어느 식물원에서나 볼 수 있는 보편적인 식물이 됐다. 그것은 전적으로 민병갈의 공로라고 할 수 있다.

동백나무에 대한 민병갈의 관심은 수목원 조성 초기

부터 높았다. 미국 오린다(델라웨어 주) 식물재배소에서 구입한 것을 시초로 일본에서 20여 종류를 추가로 수집했다. 천리포수목원의 동백은 1990년 봄 천리포에서 열린 세계동백학회 총회에서 국제적인 평가를 받았다. 현재 가장 큰 동백나무는 '티클드 핑크Tickled Pink'라 불리는 품종으로 높이 3.5m, 둘레 2.5m를 자랑한다.

천리포수목원의 동백은 남해안보다 다소 더디게 자라며 꽃도 훨씬 늦게 4월 중순~5월 중순 사이에 핀다. 이 무렵에는 목련이 제철인데다가 수선화 등 각종 구근류들도 꽃을 활짝 피워 수목원 본원의 동백숲은 꽃의 파노라마가 펼쳐진다. 민병갈은 12월경부터 겨울 내내 꽃이 피는 올동백*Camellia sasanqua* 수집에 특별한 관심을 기울였다. 본원에 심어진 Cotton Candy, Sparkling Burgundy, Bonanza, Chansonette도 한겨울에 꽃이 피어 눈이 많이 내린 날에는 영롱한 보석처럼 은세계를 붉게 장식한다.

돈이나 권력으로는 이룰 수 없는 일

1979년 재단법인으로 공식 출범한 천리포수목원은 한국 최초의 민간 수목원이다. 서울대학교 부설 관악수목원은 1967년부터 조성했고 국내 최대의 국립광릉수목원은 150만 평의 천연림을 이용하여 1987년 문을 열었다. 다른 사설 수목원으로는 가평의 아침고요수목원과 한려해상국립공원의 외도해상농원이 널리 알려져 있다. 그러나 국내 어느 수목원도 국제적인 인지도에선 천리포수목원을 따르지 못한다. 왜 그럴까? 해답은 간단하다. 민병갈이 했기 때문이다.

천리포수목원을 보면 수목원이란 돈만으로 될 일이 아니다. 첫째는 역시 '사람'이었다. 예산 규모나 종사

자 숫자, 면적으로 따지면 천리포수목원은 국가에서 운영하는 광릉수목원이나 정부 예산을 쓰는 관악수목원의 근처에도 못 간다. 그러나 외국에서 더 알아주는 한국의 수목원은 천리포에 있다. 그것은 천리포수목원이 일찍부터 해외 교류를 했고 그만의 특색을 보였기 때문이다. 이를테면 목련과 호랑가시에 관한 한 천리포수목원은 세계적인 수준이다. 수종에서도 외국산의 경우 광릉수목원이나 관악수목원을 훨씬 능가한다.

일류 수목원으로 성장하기 위해선 무엇보다 전문성과 시간이 필요하다. 그런데 민 원장에겐 땅과 돈만 있었을 뿐 전문성이 없었다. 그런 그가 30년 만에 국제적인 수목원을 차릴 수 있었던 것은 순전히 열정과 노력 때문이었다. 여기에 미국인으로서의 국제 감각과 설립자로서의 투철한 철학이 크게 작용했다. 나무에 대한 광적인 애착도 무시할 수 없다.

천리포수목원이 누리고 있는 국제적 위상은 민 원장이 있었기 때문에 가능했다. 그는 한국에서 세계적 수목원을 차리는 데 필요한 모든 요건을 갖춘 인물이었다. 화장실에 갈 때도 식물도감을 가져가 나무 이름을 외우는 열성, 수천 종의 나무 이름을 기억하는 비상한 기억력, 영어를 모국어로 구사하며 해외의 저명 수목원

일류 수목원의 꿈은 재력과 권력으로만 이루어지지는 않는다. 거기에는 나무에 대한 미친듯한 열정이 있어야만 하는 것이다.

이나 식물학자들과 친분을 나누는 섭외력 등으로 무장된 그는 투자 전문가로서의 자금력과 독신으로서의 자유로움까지 갖추고 있었다. 민 원장이 아니고선 갖추기 어려운 이 같은 능력과 환경은 불과 30년이라는 짧은 기간에 '세계적인 수목원'을 일군 원동력이 됐다.

일류 수목원은 재력이나 권력만으로는 안 된다는 실례를 보인 두 인물이 있었다. 한 사람은 권력의 화신 박정희 대통령이고, 또 한 사람은 재력의 상징 이병철 삼성그룹 창업자였다. 두 사람은 생전에 천리포수목원을 모델로 삼아 대규모 수목원을 차리려 했다.

1970년대 중반, 이병철 회장은 용인 자연농원을 추진하면서 대규모 수목원 조성을 기획하라고 비서실에 지시를 내렸다. 부랴부랴 자료 조사에 나선 비서진들은 천리포수목원에 견학을 요청했다. 두 명의 삼성 직원이 미국인 여성 고문과 함께 세 차례 천리포를 방문하여 자료를 수집해갔다. 그리고 마지막엔 이병철 회장이 직접 와보겠으니 그가 머물 숙소를 특별히 마련해달라고 주문했다. 물론 돈을 넉넉히 준다는 조건이었다. 민병갈 원장이 '우리 수목원은 누구나 평등하게 대접한다'며 거절하자 삼성 직원들은 화가 나서 돌아간 뒤 다시 오지 않았다.

몇 년 뒤에는 서울시 녹지과장 등 대여섯 명의 서울시청 공무원이 수목원에 찾아왔다. 박정희 대통령이 서울시장에게 수목원을 조성하라는 특명을 내렸다는 것이다. 이들은 서슬퍼런 대통령의 지시를 구실로 6개월 동안 수목원의 자료를 샅샅이 뒤졌다. 조경 담당 등 두 명은 아예 천리포에서 하숙까지 할 정도였다. 서울시에서 수목원 용역비로만 2억 원을 책정했다고 하니 당시로선 대단한 금액이었다.

이처럼 우리나라의 권력과 재력을 상징하는 두 인물이 의욕적으로 수목원을 추진했지만, 거창하게 추진됐던 두 사업은 변질되거나 불발로 끝났다. 서울시의 기획은 이듬해 박정희 대통령의 사망으로 흐지부지돼 버렸고, 삼성그룹이 기획하여 1976년 문을 연 용인 자연농원은 현재 '에버랜드'라는 이름의 대규모 위락 단지로 탈바꿈했다. 설사 두 기관이 천리포를 제대로 벤치마킹했다고 해도, 지금의 천리포수목원 같은 국제적 수준의 자연 동산을 만들기는 힘들었을 것이다. 서울시에도 삼성에도 민 원장처럼 나무에 미쳐 밤낮으로 공부를 하고, 세계로 뛰는 사람을 찾기 어려웠을 것이기 때문이다.

| 민병갈의 글 |

한국 식물 탐사의 역사

서양의 식물학자들은 항해술이 발달하기 시작한 18세기 후반부터 전세계를 돌아다니며 새로운 식물을 채집하고 연구했다. 그러나 이들에게 한국은 답사 여행의 소득이 훨씬 많을 것 같은 중국이나 일본을 위해 무시해야 할 지역이었다. 따라서 한국 식물 연구는 일본과 한국의 몫으로 고스란히 남겨졌다.

식물분류학자인 나카이 다케노신 박사가 나타나기 전까지 한국 식물을 학문적으로 연구해보겠다고 나선 사람은 아무도 없었다. 그는 1902년부터 1942년까지 한국에 머물면서 수많은 국내 자생식물을 발견하여 학계에 보고했다. 그래서 한국 자생식물의 학명에는 그의 이름이 붙은 것이 많으며, 그가 쓴 『조선 삼림 식물편』은 한국 식물의 기본서로 널리 읽혔다.

1913년에는 한국 최초의 식물분류학자 정태현이 나카이의 문하생으로 합류했다. 정태현은 90세가 넘을 때까지 식물 연구에 일생을 바쳤지만 세상의 무관심 때문에 그가 발견한 여러 식물들은 소개되지도 못했고 종자 번식도 하지 못했다.

서양인에 의한 식물 연구는 아주 드물었지만, 그 중 주목할 만한 것은 독일 장군 슈리펜바흐의 식물 탐사였다. 그는 1854년 군함을 타고 한국의 동해안을 조사하면서 약 50종의 표본을 채집하여 유럽으로 가져갔다. 그 중 하나가 철쭉이다.

프랑스인 가톨릭 신부인 U. 포리와 J. 타케 역시 1906년부터 그 이듬해까지 많은 종류의 식물을 채집해 갔다. 타케 신부는 결국 제주도에 거주하면서 1922년까지 채집 활동을 계속했다. 그가 채집해 유럽의 박물관으로 보낸 제주도 왕벚꽃은 여러 종자와 교배되어 세계적 품종으로 개량되었으며, 그는 뽕잎피나무의 발견자로 세계 식물학사에 영원히 남았다. 포리 신부 역시 'Rhododendron faurei' 의 발견자로 한국과 영원한 인연을 맺었다. 1917년 영국의 저명한 식물학자 E. H. 윌슨도 우연히 울릉도에 상륙했다가 섬개야광나무를 채집했고 이는 그의 대표적인 발견 중 하나가 되었다.

광복 이후 한국의 자생 식물을 채집하려는 구체적인 시도는 1966년 미국 롱우드 가든과 미 농무부의 후원 하에 에드워드 코벳과 리처드 라이티라는 두 식물학자의 6개월간의 탐사와 1970년대 영국 힐리어 수목원의 관장 해럴드 힐리어, 스웨덴의 토르 니젤리우스 박사, 벨기에의 로베르트 디벨더, 그리고 하버드대 부속 아놀드 수목원에서 파견한 위버와 스폰버그 박사의 탐사이다.

한국의 식물학은 그 후 이영로와 이창복, 두 학자의 노력으로 학문적인 터전을 잡았다. 식물분류학의 양대 산맥을 이루었던 두 학자는 한국 식물이 음지에 묻혀 있던 시기에 경쟁적으로 새로운 자생 식물을 발견하여 학계에 보고했다. 노랑무늬붓꽃, 울릉국화, 장억새, 정선황기, 흰백리향 등은 이영로가, 거제딸기, 너도밤나무, 둥근미선나무, 매미꽃, 백운란 등은 이창복이 발견한 식물이다.

《미국 식물학회지》 1980년

2

나무사랑 반세기

그에게 나무는 신앙과 다름없었다. 나무는 보호받아야 할 자연의 일부분이 아니라
그 자체가 범할 수 없는 존엄한 생명체였다. 그는 항상 나무의 이름을 기억하고,
다정하게 이름을 불러주고 나무와 인사를 나누었다.
죽어서도 그는 자신의 뼛가루가 나무의 거름으로 쓰이길 바랐다.

나무 사랑의 첫 걸음

임께서 내 마음 모르신들 어떠하며
벗들이 내 세정 안 돌보면 어떠하리.
깊은 산 향풀도 제 스스로 꽃다웁고
삼경 밤 뜬 달도 제멋대로 밝삽거늘
하물며 군자가 도덕사업 하여갈 제
세상의 알고 모름 그 무슨 상관이랴.

천리포수목원의 한옥 '후박집' 거실에 걸려 있는 현판 글씨 내용이다. 「텅 빈 마음 꽉 찬 마음」이라는 제목 아래 정성스레 목각된 글 내용은 집주인 민병갈 수목원장의 생활철학이 그대로 담겨 있다.

알고 보면 민 원장의 수목원 사업은 '세상이 알아주든 몰라주든'의 차원이 아니었다. 그는 차라리 세상이 몰라주기를 바랐다. 그가 수목원이 세상에 알려지는 것을 꺼려한 것은 사람들이 찾아와서 나무들에 해를 입힌다고 생각했기 때문이다. 나무를 생각하는 그의 마음은 일종의 가족애와 같은 것이었다. 인간에게 쾌적한 환경을 마련해주고 신선한 아름다움을 선사하는 자연의 일부분으로 나무를 보지 않았다.

민 원장은 후박집 현관을 드나들 때마다 '목련아 미

안해' 라고 버릇처럼 중얼거렸다. 현관 마루에는 목련이 수놓인 작은 양탄자가 깔려 있었는데, 그걸 밟고 지나는 것이 마음에 걸렸던 모양이다. 그는 식당에서도 나무 그림이 수놓아진 방석에 앉는 것을 꺼려했다.

나무는 그에게 신앙과 다름없었다. 그에게 나무는 보호받아야 할 자연의 한 부분이 아니라 그 자체가 범할 수 없는 존엄한 생명체였다. 그가 미국인으로 한국에 와서 천리포에 나무를 심고 살다가 아예 귀화한 것도 알고 보면 한국이 좋아서라기보다 자식처럼 키운 나무

와 떨어지기 싫었기 때문이었다.

금요일 오후만 되면 민 원장은 어김없이 서울에서 천리포로 내려와 후박집에서 2박 3일을 보냈다. 한번은 후박집 거실에서 아침상을 물린 그가 백지 한 장을 식탁 위에 놓고 그림을 그리면서 무언가 열심히 적는 모습을 보게 됐다. 그가 그린 것은 수목원 한 곳의 약도였는데 어디에 어떤 나무를 심어야 할지를 구상한 내용이었다. 그가 기록한 40~50종의 나무들은 대부분 외국 수종이라서 까다로운 라틴어 학명이 많았다.

"어떻게 그 많은 나무들의 이름을 학명까지 다 외우세요?"

이미 70세를 넘긴 노인의 비상한 기억력에 감탄하지 않을 수 없었다.

"나무 이름을 많이 기억하는 것은 그들이 모두 내 가족이자 친구이기 때문이지요. 나무들과도 한번 얘기해봐요. 이름을 불러주고 인사를 해봐요. 하이, 아일렉스! 하이 매그놀리아! 하이 윌로우트리스! 한번 이름을 불러주면 그 다음부턴 나무가 날 부르지요."

민 원장은 한국의 자생목에 대해서도 손바닥을 보듯 훤했다. 학명은 물론이고 전래의 속명俗名과 그 나무들에 얽힌 전설까지 꿰뚫고 있었다.

"한국 사람들은 나무 이름을 짓는 데 재주와 위트가 뛰어나요. 꽝꽝나무, 층층나무, 때죽나무……. 얼마나 재밌어요. 그런 예쁜 이름을 지어주고도 나무와 대화를 잘 하지 않는 것은 이해할 수 없어요. 이름을 기억하고 불러준다면 나무들이 얼마나 좋아하겠어요. 꼭 정확한 이름이나 학명을 외울 필요는 없어요. 나무를 가까이 하고 관심을 기울이는 것으로 충분하지요."

꽝꽝나무라는 이름에 고개를 갸웃하자 그의 설명은 사뭇 구체적이었다. 꽝꽝나무는 우리나라에서 자생하는 감탕나무Ilex의 일종으로 타원형의 잎이 어긋나게 맞물려 자라며, 봄에 작고 여린 흰 꽃이 피고 늦가을에 검은 자줏빛 열매를 맺는다는 것. 학명이 크레나타*Ilex crenata*라는 것까지 설명하며 인쇄물에 학명을 밝힐 때는 이탤릭체로 써야 한다는 원칙까지 말해 식물의 문외한을 당혹스럽게 했다.

"나무 사랑의 첫걸음은 바로 관심을 갖는 거예요. 그 하나하나의 이름을 기억하고 꽃이 언제 피는지, 열매는 어떤 모습인지 말예요. 오늘은 어제보다 키가 얼마나 컸는지, 어디 아프거나 목이 마른 것은 아닌지 배려하는 마음은 그 다음 단계죠. 자연이 겪고 있는 아픔을 외면하는 사람은 자연의 아름다움에 감탄할 자격이 없어요."

씨앗 받을 땐 조심조심

1990년대 중반 어느 해의 일이다. 단풍이 한창일 무렵, 서울에서 가까이 지내는 한국인 친구가 내장산에 간다는 말을 들은 민 원장은 자신이 여행을 떠나는 것처럼 반가워했다.

"가을 산행을 한다니 잘됐어. 좋은 나무를 발견하면 씨앗을 받아다 줘요."

민 원장이 나무에 쏟는 마음을 잘 알고 있던 그 친구는 이방인 어른의 특별한 당부를 지키기 위해 전지가위까지 준비하고 산행길에 올랐다. 서래봉에 들어설 때부터 그는 자신의 식물 지식을 총동원하여 '좋은 나무'를 찾기에 바빴다. 연지봉 중턱에서 붉은 열매가 매달린

산딸나무 한 그루를 발견한 그는 '이거다' 싶어 열매가 가장 많은 가지 하나를 잘라 비닐봉지 안에 담은 후 꽁꽁 싸맸다. 그가 특별히 산딸나무에 주목한 것은 민 원장이 베리berry 종류의 나무를 좋아한다는 생각이 떠올랐기 때문이다.

그 친구는 산딸나무 씨앗 말고도 보리수나무, 비목나무, 그리고 이름을 알 수 없는 꽃나무의 씨앗을 몇 가지를 더 채집했다. 낙엽철의 나무들은 이미 물기를 잃었기 때문에 가위를 사용할 필요 없이 손에 잡히는 대로 가지를 꺾었다.

서울로 돌아온 그는 씨앗이 담긴 봉지들을 민 원장에게 자랑스럽게 내밀었다. 그런데 봉지를 열어 본 민 원장은 수고했다는 말을 하면서도 별로 반가워하는 기색이 없었다. 헛기침을 하고 호흡을 가다듬는 모습이 아무래도 표정 관리를 하는 것 같았다. 채집자는 뭔가 잘못됐다는 것을 눈치 챘지만 당장에 알 길이 없었다.

'흔해 빠진 산딸 씨앗이라서 실망하셨나? 그래도 성의는 인정해주셔야지……'

민 원장보다 훨씬 손아래인 그는 섭섭한 마음에서도 '상냥한 이 서양 노인네가 치하의 말을 아끼는 데는 뭔가 이유가 있겠지'라는 짐작을 했다. 나중에 안 사실이

지만 민원장이 씨앗 봉지를 보고 달가워하지 않은 것은 귀중한 야생목의 가지를 무참히 잘라낸 것에 마음이 상했기 때문이었다.

민 원장이 자생목의 씨앗을 받는 방법은 매우 특별했다. 그는 봄이면 산으로 꽃구경에 나서 마음에 드는 꽃나무를 찾아 그 꽃의 특징과 자생 위치를 자세하게 기록해두었다가, 가을이 되면 그곳을 다시 찾아가 씨앗을 받았다. 씨앗을 받을 땐 작은 가지 하나라도 다칠까 봐 대나무를 잘게 썰어 만든 털이개를 사용하기도 했다. 채취한 씨앗은 소중하게 봉지에 담아 와서 서울 연희동 집이나 천리포 수목원의 온실에서 정성을 다해 싹을 틔웠다.

천리포수목원 탐사팀은 매년 가을 2주 정도 전국적인 야외 채집에 나서 자생수종을 수집한다. 가급적 소량의 종자, 삽수 또는 접수를 채집하되 여의치 않을 경우엔 3개체 이하의 치수로 수집하고 있다. 최초의 식물 탐사여행은 1976년 민병갈의 주도로 내장산, 완도, 제주도 등 남해안 일대에서 이루어졌다. 이때 다양한 자생식물들이 치수 또는 종자로 수집돼 더 많은 종류의 한국 자생종들이 확보되었다. 이 여행에서 탐사팀은 완도호랑가시를 발견하여 국제식물학회에 보고하는 성

민병갈은 씨앗을 채취할 때조차도 철두철미한 자연의 입장에서 행동했다.

과를 올렸다.

민 원장의 씨앗 채집은 국내에 그치지 않았다. 기회만 나면 해외식물 탐사대에 끼거나 동반탐사에 나섰다. 1984부터 5년 동안 세 차례에 걸친 미국국립수목원의 한반도 자생식물 탐사에 참여하기도 했다. 그보다 앞서 1977년 초엔 강추위를 무릅쓰고 영국 식물학자와 함께 일본 큐슈의 외딴 섬의 자생목 탐사를 하는 모험을 감행했다. 이때 채취해온 아마미오시마〔奄美大島〕의 희귀 자생목 다이아모포필라*Ilex diamorphophylla*는 민 원장의 노력으로 이제 전세계에서 자라는 품종이 되었다.

나무 키우기는 기다림의 연속

천리포수목원에는 10개의 온실이 있다. 이들 온실들은 씨앗 배양용, 외국수종 적응훈련용, 온대식물 겨울나기용 등 용도가 각각 다르다. 그 중 파종용 온실에 들어가보면 온갖 식물들의 싹을 틔우는 비닐컵이 수천 개가 진열돼 있어 장관을 이룬다.

온실 안은 매우 더운데도 추위를 많이 타는 민 원장은 여전히 스웨터 차림이었다. 그날도 호랑가시 잎이 수놓아진 푸른색 재킷을 걸치고 온실에 나온 민 원장은 한 특별한 내방객의 방문을 받았다. 손님은 흰 저고리에 검은 치마를 입고 쪽 머리를 한 원불교 여성 교무였다. 그 교무는 모종들에 정신이 팔려 있는 민원장에게

다가가 나직히 물었다.

"원장님, 이 풀들은 뭔가요? 꽃이 피나요?"

그러나 만년에 청력이 몹시 나빠져 있던 민원장은 보청기를 끼었어도 남의 말을 쉽게 알아듣지 못했다. 교무가 애교 있게 목소리를 높이자 민 원장은 수양딸처럼 생각하는 40대의 한복 여성을 반기며 특유의 나무 강의를 시작했다.

"아, 그건 풀이 아니고 나무예요. 이 싹들은 나중에 자라서 멋진 동백이 되지. 나는 초본보다 목본을 좋아하는데 여기 온실에 심겨 있는 것들은 모두 목본들이죠."

그러고서 그는 온실 속에서 자라는 식물 이름을 하나하나 불렀다.

"메이플, 에이서 오팔루스라고 부르는 이탈리아산 단

나무를 키우는 것은 기다림의 연속이다. 나무를 제대로 키우려면 어린아이를 돌보듯 오랜 기간 정성을 쏟아야 한다.

풍나무인데, 잎사귀의 손가락이 통통해서 아주 귀여워. 한국 땅은 낯설지만 잘 자라지. 이건 뷰티 베리, 중국산인데 열매가 꽃분홍 진주같이 아름답지. 이건 모크 오렌으로 내 고향 펜실베이니아에서 가져온 것이고……"

익산에서 온 그 교무는 싹 하나가 10년 뒤에 어떤 모습으로 성장할지 상상이 되는 듯 껍질을 벗고 움트는 작은 생명체를 경이롭게 바라보았다.

"나무를 키우는 것은 기다림의 연속이지요. 씨앗을 얻으려면 열매가 익을 때까지 기다려야 하고, 그것이 싹을 틔우기까지는 묘판장에 물을 주며 또 몇 달을 기다려야 해요. 그 싹이 자라서 묘목으로 성장하기까지 1년 이상 걸리고, 묘목이 제대로 자란 나무 행세를 하려면 또 몇 년이 지나야 합니다. 사람들은 나무가 저절로 자라는 줄 알지만 나무처럼 환경에 민감한 생물도 없어요. 나무를 제대로 키우려면 어린아이를 돌보듯 오랜 기간 정성을 쏟아야 합니다."

한 그루의 나무가 제대로 자라기까지 보살핌과 기다림의 세월이 얼마나 긴가를 얘기하는 민원장의 표정엔 구도자 같은 진지함이 엿보였다. 그는 나중에 그 교무의 간곡한 권유로 원불교 신도가 되어 임산林山이라는 법호를 받았다.

나무의 주인 노릇을 하지 말라

'천리포수목원은 사람을 위한 곳이 아니라 나무를 위한 곳이다.'

'나무를 지켜만 줄 뿐 나무의 주인 노릇을 하지 말라.'

수목원 직원들은 민 원장으로부터 이 말들을 귀에 못이 박히게 들었다. 사무실 안에 직원이 두 명 이상 눈에 띄면 대번에 민 원장의 벼락이 떨어졌다. 수목원에 있는 사람은 항상 나무와 함께 있어야 한다는 것이 그의 지론이었다. 수목원 직원들이 모시는 최고의 상전은 민병갈 원장이 아니라 바로 '나무'였다.

직원들은 상당수가 식물학과 조경학을 공부한 전문

가인데도 그 지식과 기술을 제대로 펼치기가 어려웠다. '자연은 자연대로!' 라는 민 원장의 철두철미한 나무사랑 철학 때문이었다. 한 직원은 통행로를 막는 거추장스러운 나뭇가지 하나를 잘라냈다가 현장에서 해고당하는 수모를 치렀다.

천리포수목원에서는 나무를 위한다고 몸통에 영양제 주사를 놓는다거나 해충을 없애기 위해 살충제를 쓰는 것은 생각도 못했다. 다른 수목원처럼 나무를 예쁘게 키우기 위해 가지를 치고 잎을 다듬고 보기에 더 좋은 곳으로 옮겨 심을 수도 없었다. 수목원 조성 초기에 계획 없이 심은 나무들이 삐죽삐죽 마구 자라고 있었지만 손 하나 대지 못하고 그저 바라만 보아야 했다.

수목원이 어느 정도 터전을 잡은 1980년대 중반에 세계적으로 유명한 영국의 힐리어 가든의 4대째 주인인 해럴드 힐리어가 찾아왔다. 그는 한참 동안 수목원을 둘러본 뒤 민 원장에게 매우 쓴 소리를 했다.

"이럴 수가! 왜 이렇게 나무들을 뒤죽박죽 심었지요? 수목원 설계가 기본적으로 잘못됐으니 전반적으로 뜯어고치는 게 좋겠습니다."

민 원장은 이 수목원 대가의 의견을 경청했으나 그 나름의 소신을 당당히 내세웠다.

"천리포수목원은 마스터플랜을 세워 조성한 곳이 아닙니다. 2만 평 정도의 자연 공원을 목표로 시작했습니다. 하다 보니 18만 평 규모로 커졌지요. 전문 지식 없이 내 취향대로 나무를 심었으니 전문가가 보기엔 거슬리겠지요. 그렇다고 이제 와서 자식처럼 키운 나무들에게 상처를 줄 수 없습니다. 그들도 하나의 생명체입니다. 잘못 뿌리를 내렸다 해도 그대로 두고 서로 어울려서 살아가게 하렵니다. 그것이 바로 자연의 법칙이 아니겠습니까?"

민 원장의 소신을 들은 힐리어는 더는 자신의 뜻을 앞세우지 않았다. 영국이 자랑하는 힐리어 가든의 주인인 그에게는 천리포수목원의 구조가 주먹구구처럼 보였지만, 국적까지 바꾸며 수목원에 헌신해온 민 원장의 철두철미한 나무 사랑에는 감복하지 않을 수 없었다.

"남에게 예쁘게 보이려고 나무 심은 적 없어. 나무가 어떻게 자라건, 그건 나무의 마음이야. 내가 할 일은 나무들이 스스로 자라도록 돕는 일 뿐이야."

말년의 민 원장이 한 이야기처럼, 천리포수목원의 나무들은 어떤 위해도 받지 않고 제멋대로 자라고 있다.

자연은 영원한 창조자,
인간은 영원한 파괴자

2001년 여름, 병약해진 몸으로 수목원에 내려온 원장은 몹시 화가 나 있었다. 거대한 트럭이 수목원 옆길에 뜨거운 아스팔트를 쏟아 부었기 때문이다. 물컹물컹한 아스팔트를 다지는 둔중한 롤러가 지날 때마다 민 원장은 마치 자신의 가슴 위로 롤러가 지나는 듯한 아픔을 느꼈다.

도로 포장은 천리포 주민들이 오래전부터 원해온 마을의 숙원 사업이었다. 그런데 민 원장이 수목원의 경계 침범과 포장된 길을 완강하게 거부하는 바람에 일이 늦어졌다. 좀 불편하더라도 자연 그대로 흙길을 놔두자는 민 원장의 말을 주민들은 들으려 하지 않았다. 그들

에겐 민 원장의 말이 부유한 자의 사치처럼 들릴 뿐이었다.

"우리 나무들은 어떡하라고 저러는 거지? 길가엔 희귀종이 많은데 독한 석유 냄새에 질식해 죽게 생겼으니……. 한국인들이 변했어. 좀 불편해도 자연과 더불어 살 줄 알았던 사람들이 이제는 옛것을 없애고 편하고 빠르게만 살아가려 하니 말이야."

분노는 슬픔으로 바뀌었다. 공사를 앞두고 그가 가장 안타까워한 것은 국내에 두 그루밖에 없는 밤해당화를

옮겨 심어야 하는 것이었다. 유럽산사와 나도산사의 교잡종인 사과산사도 같은 운명이었다. 문화관광부까지 나서서 포장을 만류했지만 끝내 담장 옆 흙길엔 아스팔트가 깔리고 말았다. 시원하게 뚫린 포장도로를 편하게 달리면서도 민 원장의 마음은 슬프기만 했다.

수목원을 둘러싸고 있는 철조망도 천리포 주민들에겐 불만이었다. 주민들은 나무를 보호해야 한다며 지름길이자 통행로를 차단하는 민 원장이 못마땅했다. 그러나 그의 생각은 분명했다.

"사람들이 수목원에 드나들면 나무들이 몸살을 앓아요. 누가 한번 왔다 가면 어김없이 나무가 상처를 입은 표시가 나니 철조망을 안 세울 수가 없어."

언젠가 농원을 한다는 사람이 찾아와 씨앗을 받아 가겠다고 통사정하여 입장시킨 일이 있는데, 그가 아예 가지를 꺾어 가버린 사실을 뒤늦게 알게 되어 민 원장은 노발대발하며 출입을 통제하라고 엄명을 내렸다. 또 한번은 학생들을 데리고 견학하러 온 생물반 교사가 작은 나무를 몰래 캐서 가방에 담아 가다가 발각되기도 하였다.

1997년 말 외환 위기가 터졌을 때 수목원 역시 재정 상황이 좋지 않았다. 민 원장은 고심 끝에 사람을 받아들이기로 했다. 후원회를 결성해 도움을 받기로 결정한 것이다. 연간 회원을 모집하고 그 회원에만 수목원 관람을 허락하기로 했다. 후원 회원은 언론 보도와 알음알음으로 5년 사이에 2천여 명으로 늘었다. 후원회 덕분에 재정은 숨통이 트였지만 나무들은 사람의 손길을 타게 됐다. 후원회 행사 등 사람이 몰리는 날은 수목원 전체가 바짝 긴장을 한다. 아무리 주의를 해도 다음날 아침이면 나무들에게선 어김없이 상처가 발견되었기 때문이다.

"자연은 영원한 창조자이고 인간은 영원한 파괴자야."

민 원장이 평소에 입버릇처럼 하던 말은 어김없이 진실로 드러났다.

한번은 어떤 유명 인사가 수목원을 방문한 적이 있었다. 민 원장은 이 특별한 손님에게 직접 안내하는 성의를 베풀었다. 마침 그날은 무환자나무가 첫 열매를 봉긋 드러내고 있었다. 지난 일 년 동안 이 열매를 보게 될 날을 얼마나 기다렸던가. 수시로 수목원에 전화를 걸어 혹 첫 열매가 벌써 고개를 내민 건 아닌지 되묻곤 한 나무였다.

민 원장은 당연히 그 귀한 손님을 무환자나무가 있는 곳으로 안내했다. 그런데 그 손님은 민 원장이 외경의 눈빛으로 바라보는 열매 하나를 만지작거리다가 냉큼 따서, 손가락으로 열매를 몇 차례 굴리다가 땅으로 획 던져버렸다. 그 순간 민 원장의 얼굴이 흙빛으로 변했다.

'내게 보이는 경이로움이 다른 사람에겐 보이지 않을 수도 있겠지…….'

민 원장은 그 일을 오래도록 슬퍼했다.

남다른 생태계 사랑

천리포 수목원에는 '해충'이 없다. 나무에 송충이가 생겨도 새들을 위해 그냥 내버려둔다. 송충이를 다 죽이면 새들은 무얼 먹고 사느냐는 민 원장의 남다른 생태계 사랑 때문에 직원들은 살충제를 쓸 수 없었다.

처음에는 나무들이 해충에 시달리는 것 같았다. 하지만 직원들은 곧 알게 되었다. 어차피 송충이는 한때라는 것을. 송충이가 새들에게 잡아먹히지 않아도 나중엔 나방으로 변해서 자취를 감추었다. 민 원장은 송충이, 지렁이, 개미, 거미, 사마귀, 잠자리, 새들이 모두 서로 적당히 잡아먹고 잡아먹히면서 더불어 살아가도록 내버려두길 원했고, 실제로 그렇게 되었다.

수목원의 큰 연못에 투명한 하늘이 비친 초가을. 민 원장과 함께 다정큼나무 숲으로 통하는 오솔길에 들어섰다. 그 순간 갑자기 그는 "앗, 멈춰!" 하고 소리를 지르면서 앞서 가던 내 팔을 붙들었다. 나는 호랑가시나무와 가문비나무 사이의 돌계단을 올라가려다가 갑자기 멈추어 섰다.

"이런, 미안할 뻔 했어. 거미집을 망가뜨릴 뻔 했잖아. 아이 엠 쏘리."

그는 심각한 얼굴이 되어 뭔가에 정중한 사과를 했다. 무슨 일인가 싶어 앞을 보니 거미줄이 가을 햇빛을 받아 반들반들 빛나고 있고, 그 아래로 큰 거미 한 마리가 잰걸음으로 도망가고 있었다.

"자, 돌아서 가자구."

민 원장과 나는 조심조심 뒷걸음질로 거미줄을 비켜 갔다. 자신의 여생이 얼마 남지 않은 줄 알고 있으면서도 미물 하나에까지 신경 쓰는 팔순 노인의 섬세함이 동행자의 마음을 처연하게 했다. 그 다음해 4월. 민 원장의 장례를 치른 뒤 다시 그 자리에 가보았다. 그곳에는 여전히 거미집이 쳐져 있었다. 새집 주인은 어쩌면 그 가을날 민 원장의 보호를 받았던 거미의 새끼였는지도 모른다.

| 민병갈의 글 |

진정한 의미의 자연보호

나는 참호랑가시가 자라고 있다는 전남 완도로 조사 여행을 가서 깜짝 놀랐다. 서세포리에 사는 마을 아이들이 새를 잡기 위해 야생의 참호랑가시나무를 수없이 죽여놨기 때문이었다. 알고 보니 가시나무 껍질로 아교풀을 만들어 나뭇가지에 발라 놓으면 새도 잡을 수 있다는 것이었다. 아이들은 겨울방학 동안 이 같은 잘못을 저질러 나무도 죽이고 새도 죽였다.

베인 호랑가시나무는 껍질만 벗겨진 채 땔나무로 가져가는 사람도 없이 버려져 있었다. 새들이 무슨 잘못을 했기에 그같이 끔찍한 운명에 놓여야 한단 말인가.

새는 자연의 조화에 필수적인 존재이며, 새를 보호하지 않는 나라에는 화가 미치게 될 것이다. 겨울이면 허리띠에 죽은 새를 주렁주렁 매단 채 공기총을 들고 다니는 사냥꾼들을 많이 봤다. 정부가 참새 사냥을 제한적으로 허용한 것으로 알고는 있으나 물론 이 사냥꾼들은 닥치는 대로 쏴대고 있다. 그들의 허리띠에 매달려 있는 새의 종류가 이를 입증하고 있다.

사냥꾼들에게 다가가 언짢은 표정을 지으면 그들로부터 비웃음만 사기 일쑤다. 사냥허가증을 보자고 하면 집에다 두고 왔다고 대꾸한다. 이 나라 지도자, 특히 경찰과 군인은 자연보호 계획에서 그들의 임무가 무엇인지에 대해 철저한 교육을 받아야 할 것이다. 내가 듣기로는 어떤 마을에서는 경찰관들이 종종 꿩사냥에 나서고 있다고 한다. 자연보호의 역점은 쓰레기나 담배꽁초 따위를 줍는 차원에서 더 중요한 차원으로 바뀌어야 한다.

《코리아타임스》 1978년

대뱅이 섬의 비극

민 원장과 함께 서울 명동의 어느 식당에서 막 점심 식사를 마치고 나오는 길이었다. 한 무리의 사람들이 길거리 한복판에서 어깨에 '자연을 사랑합시다, 산림을 보호합시다'라고 쓰인 띠를 두른 채 캠페인을 벌이고 있었다. 마이크로 목청을 높이는 연사와 행인들에게 전단을 나눠 주는 청년, 모금함을 내미는 아주머니가 보였다.

민 원장은 못마땅한 듯 걸음을 재촉해 사무실로 직행했다. 민 원장은 그들이 돈을 거둬서 어디에 쓰느냐고 물었다. 전단에 쓰인 대로 산림 보호 운동과 쓰레기 청소에 쓴다고 설명했더니 그는 매우 씁쓸한

표정을 지었다.

"자연 사랑은 마음으로 하는 건데 거리에서 소리 지른다고 되겠어? 돈으로 사람을 사서 산에 있는 쓰레기를 줍겠다는 것도 위험한 발상이야. 청소한다고 산에 가서 야생초나 어린 나무를 밟아 죽이지나 않았으면 좋겠어."

그는 자칭 나무 애호가들이 더 무섭다는 말을 자주 했다. 산에 가서 잘 자라고 있는 야생나무를 캐다가 자

민병갈이 가장 싫어하는 단어는 '개발'이다. 그의 지론은 '나무는 생산자, 인간은 파괴자, 동물은 소비자'였다.

기 집 뜰에 심는 사람들이 바로 그들이라는 것이다. 그는 자연 파괴자로 수석 수집가, 분재 애호가, 야생난 채집가 등을 지목하고, 이들 모두를 '사이비 내추럴리스트'라고 규정했다.

민병갈 원장이 두고두고 얘기하는 나무와 관련된 아픈 과거가 있다. 수목원을 시작한 첫해에 일어난 이른바 '대뱅이 섬의 비극'이다. 대뱅이 섬은 천리포 근처 학암포 앞바다에 있는 무인도로 옛날부터 후박나무가 무성하게 자라고 있는 군락지였다.

"나무를 처음으로 심기 시작한 1970년 봄이었어요. 당시엔 무엇이든 심을 나무만 찾고 있을 때였지. 어느 날 인부들이 좋은 나무를 공짜로 구해왔다며 자랑을 하기에, 알아보니 잘 자란 후박나무 일곱 그루더군. 너무 반가워서 누구한테 선물 받았냐고 물었더니 대뱅이 섬에서 캐왔다는 겁니다. 순간 정신이 아득하더군요. 섬에서 잘 자라고 있는 자생목을 무자비하게 캐왔으니……."

그 인부들은 이 돈 많은 외국인에게서 칭찬과 함께 두둑한 사례금을 기대했으나 호된 나무람만 들었다.

그러나 진짜 문제는 그 다음이었다. 몇 년 뒤 자생 식물을 탐사하기 위해 대뱅이 섬을 찾은 민 원장은 기막

힌 현장을 목격했다. 후박나무 군락지가 쑥밭이 돼 있었던 것이다. 나무들은 모두 재목으로 잘려나가 밑동만 남아 있거나 껍질이 벗겨진 채 죽어 있었다. 후박나무는 재질이 좋고, 껍질은 약용으로 쓰이기 때문에 인근 주민들이 이같이 훼손한 것이었다.

"한국 사람은 산을 아낄 줄 몰라서 탈이에요. 산이 국토의 66퍼센트나 되는데도 그 세계적인 자랑거리를 잘 인식하지 못하고 있어요. 산 정상에 올라 '야호'를 외치는 등산객도 문제예요. 그건 자연과의 대화가 아니라 산에 대한 '호령'이에요. 연약한 나무와 새들에게 못할 짓이지."

민 원장은 1970년대부터 고속도로 공사로 산허리가 잘려 나가고, 골프장 건설로 많은 산들이 본래의 모습을 잃어가는 것을 가슴 아파했다. 그는 그때부터 '개발'이라는 단어를 가장 싫어하게 됐다. 그래서 생긴 것이 '나무는 생산자, 인간은 파괴자, 동물은 소비자'라는 그의 지론이다.

늦깎이 나무 공부

1980년 어느 인터뷰에서 민병갈 원장은 '15년 전만 해도 소나무와 전나무조차 구별하지 못했다' 고 고백했다. 그러니까 44세였던 1965년까지 식물에 대해 전혀 문외한이었다는 이야기다. 그런 그가 어떻게 수천 개의 식물 학명과 그들의 식물학적 특성을 훤하게 꿰고 있는 식물의 대가가 될 수 있었던 것일까?

그의 식물 공부는 상상을 뛰어넘는다. 그의 열성적인 학습 태도와 그가 읽은 방대한 분량의 전문 서적이 남달랐던 학구열을 말해준다. 민 원장의 오랜 친구이자 스승이었던 원로 식물학자 이창복 교수는 한 인터뷰에서 이런 말을 했다.

민병갈은 후일 암투병을 할 때에도 식물학 서적을 손에서 놓지 않을 정도로 나무 공부에 열성적이었다

"40년 교단 생활을 하면서 민 원장처럼 열심히 공부하는 사람은 처음 봤어요. 공부하는 자세는 물론이고 기억력도 탁월해 학습 진도가 젊은 학생 이상으로 빨랐습니다. 화장실에 갈 때도 책을 놓지 않았어요. 내가 쓴 대한식물도감을 들고 다니면서 얼마나 많이 읽었는지 손때가 묻고 종이가 해져서 더 읽기가 어려운 상태였습니다."

이창복 교수가 민 원장을 처음 안 것은 1960년대 중반이었다. 1963년 가을, 강원도 오대산을 찾은 민 원장은 그곳에서 젊은 식물학도 홍성각을 만나 친구가 되었다. 나중에 대학 강단에 서게 된 홍성각은 한국의 자연에 지대한 관심을 보이는 이방인에게 자신의 스승인 이창복 교수를 소개했다. 이 만남으로 민 원장은 현신규, 이덕봉, 이영로 등 당시 우리나라 식물학계의 간판 학자들과 인연을 맺게 되었다.

민병갈 원장의 나무 인생에서 이창복은 잊을 수 없는 '나무 선생님' 이었다. 1970년대 초반부터 민 원장은 그를 따라다니며 야생 식물 탐사를 했다. 본격적인 국내 자생 식물 탐사로는 강원도 화천 저수지의 왕느릅나무 군락지를 찾은 것이 처음이었다. 그 후 이창복의 탐사팀과 전남 무등산에서 실거리나무를 발견하는 기쁨을 함께 누리기도 했다. 이때 민 원장은 학계에 보고되지 않은 신종 식물을 발견하는 기쁨을 처음으로 알게 되었다.

민 원장의 나무 스승으로 조무연 임업연구소 연구관을 빼놓을 수 없다. 그는 천리포수목원 초창기에 큰 도움을 준 인물이다. 그가 1970년 봄에 천리포로 보낸 한 트럭 분의 묘목은 수목원에 있는 국내산 식물의 '원조' 로써 지금은 모두 아름드리로 성장했다.

민병갈 원장에게 나무를 가르친 또 다른 이는 홍릉 임업연구소의 터줏대감 김이만 노인이다. 그는 학문적인 연구 배경은 미약했지만 현장 체험에서 얻은 풍부한 원예 기술을 아낌없이 민 원장과 수목원 직원들에게 전수했다. 그는 수목원 기초 작업 당시 천리포에 내려와 나무를 심고 가꾸는 방법을 가르치기도 했다. 김이만은 사후에 국립광릉수목원 안에 있는 '숲의 명예전당'에 박정희 대통령과 나란히 흉상이 봉안될 만큼 우리나라 임업 발전에 큰 업적을 남겼다.

김이만과 함께 민 원장에게 원예 실무를 많이 지도해 준 또 한 사람은 경남 함안의 김효권이다. 공무원 출신

인 그는 나무에 미쳐 독학으로 전문가 경지에 오른 사람인데, 손아랫사람인 민 원장에게 매우 엄격한 스승으로서 '민병갈을 혼내준 유일한 한국인'이라는 평판을 듣기도 했다.

민 원장이 수목원을 염두에 두고 이들과 만난 것은 아니었지만, 그가 18만 평 규모의 수목원 조성을 꿈꿀 수 있었던 것은 이들 전문가의 영향과 도움이 컸다. 이창복은 나무 스승으로서 그의 식물 공부와 수목원 설계에 큰 도움을 주었고, 김이만과 조무연은 나무를 잘 키

우는 방법을 가르쳐주었다. 이들 식물학계와 원예계의 전문가들은 국제적인 자연 동산을 꿈꾸던 그에게 가장 든든한 자산이었다. 김이만과 조무연은 민 원장보다 먼저 세상을 떠났고, 이창복은 민 원장이 세상을 떠난 다음해 별세했다.

쉰 고개를 넘어서 나무 공부에 뛰어든 민 원장은 국내 식물학자와 원예 전문가들로부터 폭넓은 지식을 전수받았다. 그러나 국내 식물에 관한 지식만으로는 만족할 수 없었던 그는 눈을 해외로 돌려 외국의 저명한 학자 및 전문가들과 교분을 맺고 원예 선진국의 기술을 배웠다. 그리고 외국의 전문 서적을 구하여 탐독했다.

공부하는 민병갈의 모습은 70대에 들어서도 변함이 없었다. 미국이나 영국의 출판정보에 촉각을 세우고 원예 분야의 신간이 나오면 놓치지 않고 주문하는가 하면, 영국의 《파이낸셜타임스》에 정기적으로 실리는 정원 가꾸기 지면은 따로 모아서 읽었다. 대단한 속독가였던 그는 웬만한 전문서는 읽는 데 일주일을 넘기지 않았다. 치명적인 암 진단을 받고 입원해 있을 때도 밤늦도록 책을 놓지 않았다.

호랑가시와의 인연

크리스마스를 즐기는 미국 사람이 그러하듯 민 원장은 크리스마스 장식 나무로 애용되는 호랑가시를 좋아했다. 그는 수목원을 차리기 전부터 서울에 홀리학회를 결성하여 한국인들에게 호랑가시에 대한 인식을 심어주려고 애를 썼다. 그런 애착 때문에 그는 한국 자생식물을 탐사할 때도 호랑가시에 대한 각별한 관심을 보였다. 그 결과로 민 원장은 뜻하지 않게 국제학계에 보고되지 않은 한국 고유의 호랑가시를 발견하는 행운을 누리게 됐다.

민 원장의 기념비적인 발견은 1978년 가을 남해안 자생식물 탐사 중에 얻은 수확이다. 수목원 직원들과 함께 완도 탐사를 시작한 지 이틀째 되던 날, 민 원장 일행은 붉은 열매에 작은 가시 잎새를 거느린 특이한 호랑가시 숲에서 발길을 멈췄다. 탐사팀에 끼었던 김군소(현재 미국 모턴수목원 큐레이터)는 당시 민병갈이 보였던 흥분의 표정을 잊을 수 없다고 회고했다.

"가만 있자……. 이 나무들의 이파리가 좀 희한해."

순간 김군소는 민 원장의 눈매가 예사롭지 않게 반짝이는 것을 보았다. 좀처럼 속내를 드러내지 않는 그의 얼굴은 붉게 상기되어 있었다. 가져간 『대한식물도감』의 호랑가시 편을 뒤졌으나 비슷한 모양의 나무는 나와 있지 않았다.

"아하, 이거야말로 새것이구나!"

67세의 노인은 희색이 만연했다. 문제의 나무들을 처음 본 순간 새로운 발견이라는 것을 직감했던 것이다.

민 원장이 발견한 나무는 감탕나무와 호랑가시나무가 자연 교잡된 것으로, 그때까지는 전세계에서 완도에서만 자생하는 희귀종이었다. 흥분을 삭이면서 채취한 표본을 갖고 연희동 집에 돌아온 그는 모든 경로를 통해 자신의 발견이 세계 최초임을 확인했다. 그는 식물의 한국어 이름을 '완도호랑가시'로 붙이는 한편, 발견자와 서식지의 이름을 붙이는 국제 규약에 따라 '*Ilex x wandoensis* C. F. Miller' 라는 학명을 붙여 미국의 호랑가시학회에 보고했다. 전세계 호랑가시를 관할하는 미국호랑가시학회는 기준 표본과의 대조 등 몇 단계의 절차를 거쳐 민병갈 원장이 발견한 나무를 신종으로 공인했고, 완도호랑가시는 1982년에 공식 등록되었다.

민 원장은 몇 년 뒤 수목원에서 목련을 배양하던 중 특이한 변종을 발견하여 '라스베리 펀' 이라는 이름을 지어 국제 학계에 보고했지만 완도호랑가시만큼 자랑스러워하지는 않았다. 그가 제2의 조국으로 삼은 한국의 자연에서 찾아낸 순수 토종 식물이 아니었기 때문이다. 팔십 고개를 바라보는 할아버지가 돼서도 완도호랑가시 이야기가 나오면 그는 어린아이처럼 좋아했다.

"그건 정말 대단한 발견이야. 식물학도에게는 일생에 한 번 있을까 말까 한 영광이지. 천문학자가 새로운 별을 발견한 거나 다름없어. 후손이 없는 나에겐 영원히 살아 있을 자식을 하나 만든 것과 다름없지"

민 원장은 그때의 기쁨을 가식 없이 드러냈고 굳이 겸손해지려고도 하지 않았다. 완도호랑가시를 발견한 후 그는 야생 식물 탐사에 나설 때마다 새로운 품종의 발견에 대한 기대에 부풀었다. 어쩌다가 탐사대에 못 끼게 될 때면, 장거리 전화를 걸어 오늘 뭘 발견했냐고 물었다. 혹시라도 식물도감에 없는 품종을 발견하면 흥분을 감추지 못하고 '첫 발견'으로 분류하여 검증 작업에 들어갔다. 나중에 신종 발견이 아닌 것으로 밝혀지더라도 탐사대원들에게 격려를 아끼지 않았다.

이러한 열정으로 민 원장은 다른 국내외 학술팀의 탐사에도 참여하여 새로운 식물을 발견하는 기쁨을 누렸다. 1980년 3월 완도 서세포리에서 참호랑가시를, 1985년 소흑산도에서 흑산아왜나무를 발견하는 현장에서도 그는 흥분을 감추지 못했다. 흑산아왜나무의 발견은 미국국립수목원의 탐사팀에게로 영광이 돌아갔다. 그의 발견 중에는 신종이 아닌 '미기록종'이 몇 개 있는데, 미기록종이란 존재는 알려졌으나 식물학계에 보고되지 않은 식물을 말한다.

완도호랑가시는 천리포 수목원에서 정성스럽게 배양되어 종자 교환 프로그램에 따라 전세계로 퍼져나갔다. 남도 지방으로 식물 탐사 여행을 떠날 때면 민 원장은 어김없이 완도호랑가시 묘목 몇 그루와 종자를 차에 싣고 다니면서 현지 사람들에게 심으라며 나눠주기도 했다. 그가 바라는 것은 천리포수목원뿐만 아니라 한국의 모든 산과 들, 길가와 정원이 나무와 풀로 넘쳐나는 것이었다.

제2의 모국인 한국에서 찾아낸 토종식물이자 세계최초로 발견한 완도호랑가시나무 이야기가 나올 때마다 민병갈은 어린아이처럼 좋아했다.

| 민병갈의 글 |

동아시아 3국의 호랑가시나무

중국 동부의 준열대 지역에서는 약 120종 이상의 호랑가시가 자라고 있다. 일본 본섬에는 20종 정도가 서식하고, 대만 역시 20종 정도가 서식한다. 소수 종족이 살고 있는 아마미오시마와 류큐 제도에서는 11종의 호랑가시를 볼 수 있다. 또한 오가사와라 군도에서는 5종의 희귀 호랑가시를 발견할 수 있다. 한국의 호랑가시는 불행하게도 겨우 5종뿐이지만 모두 최고의 품종이다.

꽝꽝나무는 서양에서 '일본홀리'라고 불리긴 하지만 사실 일본보다도 한국에 훨씬 많다. 호랑가시나무는 제주도 서부와 그 외 여러 지역에서 많이 서식하는데, 특히 변산반도에 다양한 형태로 존재한다. 이 나무는 서양에서 중국홀리로 불린다. 먼나무는 동아시아 준열대 지방에 흔하게 분포하는데, 제주도에서 곧잘 눈에 띄며 남부 해안에서도 많이 자라고 있다. 감탕나무 역시 비슷하다.

한국 유일의 낙엽 호랑가시는 대팻집나무로, 중부 산악 지대와 제주도를 포함한 남부 지방에서 발견된다. 이외에도 일본 수입 품종인 낙상홍과 둥근꽝꽝나무도 한국인의 사랑을 받으며 재배되고 있다. 여기에 우리는 아직까지 정확한 종명이 밝혀지지 않은 7종의 호랑가시를 제주도에서 발견하여 확인 중에 있다. 중국의 후 박사가 최근 방문하여 이들을 조사했으나 확인에 실패하여, 사진을 찍어 상세 묘사와 함께 진 아이젠베이스와 테드 더들리 박사에게 보냈지만 이들 역시 난처해 할 따름이었다.

내 서울 집 거실에는 분재 크기의 작은 호랑가시 하나가 자라고 있다. 천리포 수목원에도 여러 호랑가시 꺾꽂이가 자라고 있다. 이들의 엄마 나무는 완도에 있는 신품종 호랑가시 한 그루인데, 감탕나무와 호랑가시나무의 교배종인 듯하다. 두 나무는 분류학상으로 아주 가까운 종이고 완도의 야생지에서 근접해 자라고 있기 때문에 이 가능성은 거의 확실해 보인다. 한국에서는 다른 이국의 꽃나무와 마찬가지로 호랑가시 역시 외국 품종이 소개되는 일이 극히 드물다. 현재 천천히 개선되고 있는 상황이다.

《홀리 저널 가을호》 1978년

나무 경매

수목원이 어느 정도 자리를 잡자 민 원장은 당초 품었던 '아담한 농원'의 꿈을 접었다. 어느새 그의 가슴속엔 세계 곳곳의 식물을 천리포에 모아놓겠다는 꿈과 야망이 움트고 있었던 것이다. 그의 바람은 단순한 수집 차원이 아니었다. 한국 자생종을 세계에 알리고, 외국산 품종을 모으고, 신품종을 개발하여 천리포수목원을 세계적인 수준으로 끌어올리는 것이 목표였다.

민 원장은 어느덧 칠순 할아버지가 되었지만 세계의 희귀종 나무를 보유하려는 노력은 끝이 없었다. 세계적인 권위를 자랑하는 영국의 힐리어 수목원과 미국의 롱우드 가든과 제휴를 맺은 것도 수목원의 보유 수종을

민병갈의 가슴 속에는 어느덧 세계 곳곳의 여러 식물들을 천리포에 모아놓겠다는 꿈과 야망이 움트고 있었다.

늘리고 선진 재배 기술을 습득하기 위한 노력의 하나였다. 한편으론 인덱스 세미넘Index Seminum으로 불리는 다국간 종자 교환 목록을 발행하여 해외교류 폭을 넓혀 갔다.

좋은 나무를 확보하려는 민 원장의 욕심은 주변 사람들을 조마조마하게 했다. 위험한 모험도 서슴지 않았기 때문이다. 1970년대 중반에는 당시 한국과 국교가 없던 중공에서 자생 식물 30여 종의 씨앗을 들여와 수목원 직원들을 깜짝 놀라게 했다. 외형상으로는 미국을 경유한 간접 수입이었지만 밀수와 다름없었다. 1980년대 들어 민 원장은 친구인 영국인 식물학자를 통해 북한의 백두산 자생 식물의 종자를 들여와 당국의 수사 대상에 오르기도 했다. 정보기관이 이를 알고 조사에 나섰지만 나무에 대한 민 원장의 순수한 열정을 참작했는지 크게 문제 삼지 않았다.

시대가 달라져서 이마저 어렵게 되자 민 원장은 색다른 방법으로 귀한 외국 나무를 들여왔다. 그것은 해외

나무 경매장에서 마음에 드는 나무를 사오는 방법이었다. 그가 미국에 가게 되면 세 가지 일을 꼭 하고 돌아왔는데, 하나는 고향 펜실베이니아를 찾아 어머니를 문안하는 것, 다음으로는 호랑가시학회를 방문하여 친구들을 만나는 것, 그리고 마지막으로 나무 경매에 참가하여 탐나는 나무들을 몽땅 사오는 것이었다.

미국이나 영국에선 나무 경매가 일반화되어 있다. 특히 봄과 가을엔 큰 장이 서는데 민 원장은 일 년에 한두 번은 해외 나무 경매장에 들러 경매의 묘미를 맛보며 마음에 드는 나무를 사왔다. 증권맨으로서 타고난 승부사였던 그는 서울에선 브리지게임을 즐겼으나 해외에선 진귀한 나무 한 그루를 놓고 세계의 호사가들과 게임을 벌이는 승부를 즐겼다.

민 원장이 미국에 다녀왔다 하면, 으레 등장하는 화제가 나무 경매에서 이긴 무용담이었다. 탐나는 나무를 놓친 적이 거의 없다는 그는 나무 경매에서 이기는 비결은 '돈보다 머리'라고 강조했다. 그래서 해외에서 실려온 나무 상자들을 개봉할 때면 항상 득의에 넘치는 표정이었다. 상자가 열릴 때마다 그는 수목원 직원들에게 나무의 이름과 생태를 알려주고 어느 경매에서 어떻게 낙찰 받았는지 자랑스럽게 얘기하곤 했다.

승리자의 기쁨 반대편엔 패배자의 좌절이 있는 법, 마음에 드는 나무를 구해 기뻐하는 민 원장의 반대편엔 경쟁에 져 분통을 터트리는 미국인이 있었다. 그는 펜실베이니아 나무 경매장에서 민 원장과 항상 라이벌로 맞붙었던 켄 틸트라는 나무광이었다.

1990년대 초반, 미국호랑가시학회에서 주최한 호랑가시 경매에서 '게이샤'란 이름의 암그루 호랑가시나무를 두고 두 사람이 막판까지 겨루게 되었다. 일본호랑가시의 일종인 게이샤는 1미터도 안 되는 작고 아담한 키에 불규칙한 피라미드 모양이 특이했다. 작은 잎새에 초록 기운이 감도는 흰빛 꽃이 피는 매력적인 나

무였다.

100달러에서 시작한 경매가가 금세 450달러까지 치솟았다. 켄 틸트는 이번에는 지지 않겠다는 각오로 값을 껑충 올려 600달러를 불렀다. 그러나 민 원장이 눈 하나 깜짝하지 않고 700달러를 부르는 바람에 켄 틸트는 결국 포기했다. 그러나 켄 틸트는 아름다운 패배자였다. 늘 자신을 골탕먹이는 라이벌이 돌이킬 수 없는 중병으로 입원했다는 소식을 듣고 만리타국 한국에까지 문병을 왔다. 민 원장이 세상을 떠나기 몇 달 전이었다. 오랜 라이벌을 만난 그는 이렇게 수인사를 시작했다.

"나를 이기고 가져가신 나무들이 어떻게 자랐는지 확인하러 왔습니다."

민 원장은 아픈 내색도 없이 만면에 웃음을 짓고 그를 반겼다. 천리포수목원의 최고급 한옥인 목련집을 숙소로 제공하고 위스키 한 병을 보냈다, 그 후 미국에 돌아간 켄 틸트는 민 원장에게 이런 편지를 보냈다.

"천리포는 정말 아름다웠습니다. 활짝 핀 목련꽃 뒤로 또 다른 목련들이 꽃봉오리를 내밀고 있었지요. 제가 경매에서 매번 졌던 것이 나무들에게는 행운이었던 것 같습니다. 괜히 저 때문에 비싼 가격에 낙찰 받은 것은 아닌지, 이제서야 미안해집니다."

꿈에도 나무

2000년 여름, 태풍 프라피룬이 서해안을 정면으로 때리면서 천리포수목원에 큰 상처를 입혔다. 나무 가족들의 재난 소식을 듣고 황급히 천리포로 내려온 민 원장은 황폐해진 본원의 모습을 보고 눈물을 감추지 못했다. 수목원 설립 이래 최대의 재난이었다.

특히 민 원장을 가슴 아프게 한 것은 소사나무 옆에서 자라는 회화나무가 뿌리를 반쯤 드러낸 채 바다 반대 방향으로 기울어 있는 모습이었다. 이 나무는 한국은행 마당에 있는 회화나무의 가지를 가져와 접붙이기를 하여 30여 년간 키운 것인데, 한국은행을 마음의 고향으로 생각하는 그에겐 큰 충격이 아닐 수 없었다. 인부를 동원하여 바로 세우려 애썼지만 피사의 사탑처럼 기우뚱한 모습은 마찬가지였다.

이날 저녁 민 원장은 후박집에서 한숨을 내쉬며 소주잔을 기울였다. 잔이 채워지기가 무섭게 소주잔을 비우는 것도 모자랐는지 연신 담배를 피워댔다.

"10여 년 전 회화나무가 상처를 입은 꿈을 꾸었는데 사실이 되고 말았군. 꿈에 나타나서 아프다고 울고 있었어. 나는 너무 슬퍼서 울면서 일어났지. 직원 한 명을 깨워서 당장 가보라고 했지. 아무렇지도 않다고 해서

안심했었는데……. 내일 낮에는 회화나무 옆에서 책을 읽어야겠군.”

민 원장을 깨웠다는 당시의 직원은 그 뒤 이런 설명을 해줬다. 민 원장의 건강이 안 좋아 후박집을 지켰던 그는 한밤중에 노인네가 눈물을 흘리면서 잠을 깨워 깜짝 놀랐다는 것. 꿈 내용이 하도 허황하여 어이가 없었지만 회화나무가 무사한지 가보라고 채근하는 바람에 집 밖에 잠시 나가 있다가 돌아와서 현장에 가본 것처럼 거짓 보고를 했다는 것이다.

"회화나무는 서양에서 스칼러트리scholar tree라고 해. 학자의 품격을 가진 나무라는 뜻이지. 한국에서도 집안에 심으면 고명한 선비가 나온다 하여 예로부터 사대부 집에선 이 나무를 꼭 심었다는 이야기를 들었어. 내가 소사나무집에서 살 때는 10년 넘게 회화나무를 바라보며 책을 많이 읽었지."

태풍을 맞은 문제의 회화나무는 서너 달 뒤 또 한 번 상처를 입었다. 옆에 있던 소사나무집에 불이 나는 바람에 이번에는 몸통이 그을리는 수난을 당한 것이다. 그 화재로 소사나무집은 초가지붕을 얹은 대문만 덩그러니 남고 회화나무엔 군데군데 화상의 흔적이 생겼다. 민 원장은 불탄 집도 아까웠지만 다친 회화나무를 보고 더 가슴 아파했다. 지금도 기우뚱하게 서 있는 회화나무는 여름이면 여전히 연한 황색 꽃을 피우고, 가을이면 염주알 같은 열매를 맺는다. 민 원장은 화재 사건 후 이렇게 말했다

"회화나무는 고문을 당해도 역시 꼿꼿한 선비 나무야."

사람을 키우는 즐거움

나른한 봄날 오후. 따뜻한 봄 햇살을 받으며 천리포 해변을 산책하던 민병갈은 모래밭에 앉아서 책을 읽고 있는 한 소년을 보았다. 그때는 수목원 설립 초창기였다.

'독서를 즐기는 기특한 소년이군.'

그 다음 주말에도 그 소년은 한결같은 자세로 책을 읽고 있었다. 민병갈은 다가가서 말을 건넸다.

"무슨 책을 읽지?"

"갈매기의 꿈이라는 책이에요."

"어떤 내용이지?"

"조나단이란 갈매기가 더 높이 더 멀리 날기 위해 노

력하는 이야기예요."

당시 50대였던 민병갈은 그가 가슴에 열정을 품고 있는 영리한 소년임을 알 수 있었다. 알고 보니 그는 초등학교만 졸업하고 집안일을 돕고 있는 가난한 어부의 아들이었다. 소년이 열아홉 살이 됐을 때 민 원장은 그에게 수목원에서 잡일을 하도록 제안했다. 일을 시켜보니 그는 예상대로 매우 총명했다. 그 소년은 수목원 일을 빨리 익혔고 틈틈이 영어를 자습하는 열성을 보였다.

소년은 후에 정식 직원이 되었다. 민 원장은 그의 재능을 인정하여 영국과 미국으로 두 차례 해외 연수를 보냈다. 그 소년이 바로 미국에서 두 번째로 큰 수목원의 관리직으로 성장한 김군소다. 민 원장의 도움으로 델라웨어 대학을 졸업한 그는 이 대학의 박사 과정을 마치고 미국 모턴 수목원의 큐레이터로 일하며 나무 공부를 계속하고 있다.

민 원장은 배움의 열정을 가진 젊은이들을 특별히 아꼈다. 그는 늘 '사람의 가장 아름다운 모습은 공부하는 모습'이라고 말했다. 그는 공부를 잘해도 진학을 못하는 지방 학교 인재들의 처지를 안타깝게 생각했다. 그래서 학업을 도운 또 한 명의 지방 인재가 나

민병갈은 세계적 수목원 조성 이외에도 식물교육 사업과 식물 도서관 건립을 꿈꿨다.

중에 변호사가 된 최원영이다. 만리포 중학교를 수석으로 졸업한 그는 민 원장의 도움으로 대전고등학교와 서울대학교 법학과를 졸업했다. 민 원장은 그에게 천리포 수목원의 재단이사직을 맡겨 수목원의 발전에 기여하도록 했다.

1970년대 말까지 수목원에는 외국인 전문 인력이 한두 사람 늘 있었다. 해외 수종을 관리하고 야생 식물을 탐사하는 일 등에 필요했기 때문이다. 그러나 민 원장

은 언젠가는 한국인 직원들이 스스로 이 일을 해내야 한다고 생각했다. 그래서 1979년부터 수목원 직원들을 짧게는 6개월에서 길게는 2년까지 해외 연수를 시켰다. 주로 영국의 위슬리 수목원과 미국의 롱우드 수목원에서 운영하는 연수 프로그램에 파견했다.

현재 천리포수목원에는 2~3년의 해외 연수를 다녀온 직원이 10여 명 있다. 이들의 연수를 담당한 해외 수목원에서는 한국 연수생을 칭찬하는 편지를 민 원장에게 자주 보내왔다. 연수생 중 몇 명은 수료식에서 최고 성적의 메달을 받아 와서 민 원장을 기쁘게 했다.

민 원장은 수목원 사업을 시작했을 때부터 식물 교육에 관심이 많았다. 수목원이 어느 정도 자리를 잡은 1970년대 중반 그는 교육 사업의 하나로 천리포 주변 학교에 각종 나무를 보급했다. 나무 사랑은 어렸을 때부터 가르쳐야 한다고 생각했던 그는 태안면(현재 태안읍)과 소원면의 몇몇 초등학교에 묘목과 씨앗을 전달해 어린이들이 직접 심고 키우게 했다. 얼마 후엔 서산 농업고등학교에 학습용으로 묘목을 전달했고 1980년대 초엔 서울 태릉에 있던 육군사관학교에 묘목을 기증하여 실습과 조경을 도왔다.

민 원장은 장기적으로 식물 도서관 설립을 꿈꾸었다.

그는 생전에 세계 최고의 식물학 도서관을 수목원 안에 설립하겠다고 입버릇처럼 말했다. 중동 특수로 증권 시장이 호황이던 1970년대 중반 그는 식물 분야 도서 3만 권 수집을 목표로 해외 출판사와 연구 기관에 전문 서적을 대량 주문했다. 그러나 1979년 박정희 대통령이 사망하는 10 · 26사태로 주가가 폭락하는 바람에 큰 손실을 입은 그는 수목원에 이은 또 다른 원대한 꿈을 접지 않을 수 없었다. 민 원장이 생전에 수집한 식물 · 원예학 전문 서적은 국내 어느 대학도 따라올 수 없는 규모로 알려져 있다. 그가 품었던 식물 도서관과 식물 표본실의 꿈은 천리포수목원의 자원 연구소로 그 명맥을 유지하고 있다.

민 원장은 자신이 죽은 다음 뼛가루가
나무의 거름으로 쓰이길 바랐다.

나무의 거름이 되고 싶다

천리포수목원이 널리 알려지면서 민 원장은 식목철만 되면 '나무 할아버지'로서 언론의 단골 인터뷰 대상이었다. 1990년 봄, 그의 나무사랑을 신문에 쓰기 위해 서울 명동의 증권가에 있는 사무실을 찾았다. 긴 대담 끝에 나는 가장 듣고 싶었던 질문 하나를 꺼냈다. 그가 세상을 떠났을 때를 가정한 좀 거북스런 물음이었다. 당시 한국 나이로 칠순이었던 민 원장은 낯선 내방객의 당돌한 질문에 담담하면서도 매우 단호한 어조로 유언 아닌 유언을 남겼다.

"돌아가시면 한국 땅에 묻히실 건가요? 아무래도 미국 고향 펜실베이니아로 가시겠지요?"

"묻히다니요? 땅이 아까워요. 그럴 땅이 있으면 나무를 심어야지요."

"화장을 원하신다는 뜻인가요?"

"물론이죠. 그렇지만 뼈를 땅에 묻어도 안 돼요."

"그러면 뼛가루가 천리포 앞바다에 뿌려지길 바라시겠네요."

"그것도 아까워요. 땅에 뿌려서 나무의 거름으로 써야지요."

민 원장은 웃지도 않고 당연하다는 듯이 죽어서 나무의 거름이 되겠노라고 말했다. 실제로 그는 수목원을 조성하면서 천리포의 주인 없는 많은 묘소들을 밀어붙이고 그 위에 나무를 심었다. 죽으면 그만인 것을 땅에 묻어 묘소를 만드는 것은 부질없는 일이라고 믿었던 그는 자신의 시신도 나무를 위해 쓰이기를 바랐다.

그러나 민 원장은 생전의 뜻대로 나무의 거름이 되지 못하고 수목원 안의 양지바른 언덕에 묻혔다. 양자 등 주변 사람들이 매장을 원했기 때문이다. 그의 묘지에 세워진 비석엔 다음과 같은 비문이 한글과 영문으로 새겨져 있다.

1921년 12월 24일 미국 펜실베이니아 주 사우스피츠턴에서 태어나 24세 때 미군 장교로 한국에 와서 57년간 이 땅에 머무르며 한국 사랑과 나무 사랑에 헌신했다. 1979년 한국에 귀화하여 천리포에 세계적인 자연동산을 일궈놓고 2002년 4월 11일 이곳에 잠드니, 푸른 눈의 영원한 한국인 민병갈이 남긴 천리포수목원은 앞으로 천년을 더 두고 푸르리라.

3

나의 전생은 한국인

빵과 스테이크보다 밥과 김치를 더 좋아하고, 생일이면
케이크 대신 시루떡을 쪄놓고 친구들과 북과 꽹과리를 두드리며
놀기를 더 좋아하던 민병갈은 영락없는 한국인이었다.

첫눈에 반한 코리아

민병갈은 언제부터 한국의 자연에 빠지게 됐는가? 이런 질문을 받으면 그는 서슴없이 '한국에 처음 온 날'이라고 말했다. 그날은 미군 전함이 처음으로 인천 앞바다에 닻을 내린 1945년 9월 8일이었다. 1886년에 미국 선박 셔먼호가 대동강에 들어온 적이 있었으나, 군함으로는 민병갈이 타고 온 배가 처음이었다. 당시 민병갈은 칼 밀러라는 이름에 중위 계급장을 단 24세의 풋내기 해군 장교였다.

밀러 중위는 패전국 일본의 식민지를 점령하러 인천에 들어온 미군 24군단의 제1진에 소속돼 있었다. 오키나와 미군 기지에서 일본군 포로를 심문하는 통역장교로 근무했던 그는 미국인으론 드물게 일본어를 잘했기 때문에 정보 장교 신분으로 한국에 파견됐다. 초대 군정청 장관을 지낸 하지 중장도 이때 들어왔다.

인천 상륙을 앞두고 밀러가 전함 갑판에서 처음 본 한국의 자연은 월미도 숲이었다. 당시까지 사람들의 손을 별로 타지 않았던 이 작은 섬은 바다에 떠 있는 아담한 숲처럼 보였다.

"아, 여기가 바로 말로만 듣던 조용한 아침의 나라이구나."

상륙정을 타고 부두로 들어오면서 민병갈 아니 밀러는 완전 무장한 선발대 장교라는 자신의 신분을 잊고 미지의 나라를 밟는 설렘에 들떠 있었다. 새벽 공기를 타고 코끝에 와 닿는 갯내음이 조금 비릿했지만 얼굴을 스치는 새벽 공기가 신선하고 상쾌했다. 부두에 내려 군용 열차를 타고 서울로 들어오면서 이번엔 따뜻한 대지의 향기에 젖었다.

인천에서 용산으로 들어오는 한 시간 동안, 열차에 실린 군용 트럭에 앉아 있던 밀러는 스쳐가는 한국의 자연과 풍물에서 눈을 떼지 못했다. 맑은 하늘, 야트막한 산, 한가로운 촌락……. 특히 그의 시선을 끈 것은 옹기종기 모여 있는 시골 마을의 초가들이었다. 그가 포로 심문 때 깊은 인상을 받았던 한국인이 본고장에선 어떤 모습일까 궁금했지만 스쳐가는 모습뿐이라서 아쉬웠다.

"이렇게 아름다운 나라를 이웃 나라에 빼앗기다니……. 한국인의 품성이 고운 것은 한국의 자연을 닮은 때문일까? 한국에 가게 해달라고 사령부에 지원한 것은 정말 잘한 일이었어. 정신대원으로 끌려와 포로로 잡혔던 앳된 여성들은 지금쯤 고향에 가 있을까?"

멀리 보이는 들녘의 아낙네들은 이방인 장교의 가슴 아팠던 기억을 되살렸다. 오키나와에서 포로를 심문할 때 보았던 한국인 소녀들의 가냘픈 모습이 떠오른 것이다. 겁에 질려 울지도 못하고 또 다른 굴욕을 당할까 공포에 떠는 한국 여성들에게 그는 형언할 수 없는 연민을 느꼈다.

'지구상에 이렇게 순박하고 착한 사람들이 있었나' 싶은 한국인의 인상이 밀러에게 인천행 전함을 타도록 이끌었던 것이다.

밀러는 미군 정보 장교로 7개월간 서울에 머물면서 한국의 자연에 깊이 빠져들었다. 첫 근무지가 명동이고 숙소가 회현동이었기 때문에, 그는 아침마다 남산에 올라 서울의 자연과 경관을 조망했다. 이때 그를 사로잡은 산은 아담한 산세의 북악산이었다. 얼마 후 북한산의 수려함에 빠진 그는 틈만 나면 지프를 몰고 서울 경계를 벗어났다. 이듬해 임무를 마치고 미국으로 돌아가 군복을 벗은 뒤에도 그는 다시 한국으로 돌아갈 궁리만 했다.

미국 군정청 직원으로 다시 한국을 찾은 밀러는 군정이 끝날 때까지 2년 동안 서울에 머무르며 한국의 자연을 즐겼다. 민간인 신분이 된 1947년부터 그의 한국 자연 탐사 여행은 전국으로 뻗어나갔다. 동쪽으로 치악산과 오대산, 남쪽으로는 속리산과 계룡산을 거쳐 지리산으로, 1948년에는 멀리 한라산에 이르렀다. 6·25전쟁이 터질 때까지 그는 남한에 있는 웬만한 산은 거의 다 돌아보았다. 당시 설악산은 휴전선 이북에 있었기 때문에 갈 수가 없었다.

군정이 끝난 뒤에도 밀러는 한국에 눌러앉을 궁리만 했다. 그는 한국에 계속 머물 수만 있다면 무슨 일이든 떠맡았다. AID 직원으로 있을 땐 6·25전쟁으로 일본에 피난을 갔으나 두 달도 안 돼 전시 임시 수도였던 부산으로 돌아왔다. 그는 이미 오래전부터 한국의 공기에 중독돼 있었던 것이다. 유엔군의 인천 상륙과 때맞춰 미군 열차 편으로 4박 5일 동안 위험한 상경 작전을 펴

기도 했다. 한국의 자연을 섭렵하려는 그의 집착은 전쟁도 막지 못했다. 그는 영문 잡지 《코리아 저널》에 이런 글을 썼다.

"한국 전쟁이 한창이던 1950년 12월 중순, 서울을 탈환한 유엔군이 압록강까지 북진을 하자, 나는 금강산을 오르기로 결심하고 만반의 겨울 산행을 준비했다. 내 차는 북한군이 버리고 간 세비 41년형으로 서울 수복 직후 반도호텔 마당에서 주운 네 대 중의 하나였다. 그 중 성능이 괜찮은 것을 골라 미군 정비병에게 위스키 두 병을 주고 산악용으로 개조했다. 그 차를 몰고 북쪽으로 가던 날은 혹독하게 추운 날씨였다."

그러나 밀러의 금강산 등반 계획은 좌절로 끝났다. 눈보라를 맞으며 힘겹게 강원도 고성까지 갔지만 더 이상 북으로 갈 수 없었다. 중공군의 참전으로 전세가 역전된 줄 모르고 그는 유엔군의 후퇴 행렬을 거슬러 올라가고 있었던 것이다. 미군 경비병의 강력한 제지로 뜻을 이루지 못한 그는 좀더 서둘러 북진하는 유엔군을 따라가지 못한 것을 두고두고 후회했다.

그토록 금강산을 오르고 싶어 했던 그에게 40여 년 만에 기회가 왔다. 김대중 정부의 햇볕 정책으로 금강산 관광길이 열리게 된 것이다. 민 원장이 78세 되던

해. 그의 수행비서가 넌지시 마음을 떠보았다.

"원장님, 드디어 젊은 날의 꿈을 이루실 기회가 생겼어요. 이젠 나이도 드셨으니 따뜻한 날에 편안히 금강산을 한번 다녀오시지요."

예상대로 그는 아무런 흥미도 보이지 않았다. 다만 '북한 당국이 금강산의 자생목 씨앗을 받아오게 한다면 고려해보겠다'는 말로 얼버무렸다.

펜실베이니아 민씨

미국인 밀러가 한국인 민병갈이 되기까지는 많은 곡절이 있었다. 불안정한 외국 기관을 떠돌며 어떻게 하면 한국에 정착할 수 있을까 고심하던 그에게 마침내 행운이 찾아왔다. 한국의 중앙은행이 손짓을 한 것이다. 1954년 그가 얻은 한국은행의 일자리는 미국인 고문을 보좌하는 말단직이었다. 그러나 민병갈은 안정된 직장을 얻은 것이 즐겁기만 했다. 이제 한국의 자연을 마음껏 즐길 수 있게 됐기 때문이다. 얼마 후 한국은행 고문에 취임한 그는 민병갈로 이름을 바꾸고 본격적인 한국인의 삶에 들어섰다.

© 권태균

민병갈閔丙渴이라는 이름을 짓게 된 것엔 절친한 친

구이자 직장 상사였던 민병도(당시 한국은행 총재)와의 친분이 크게 작용했다. 민씨와 밀러의 첫 발음이 같다는 점에 착안한 그는 형제처럼 지내는 민병도의 성과 돌림자를 쓰기로 했다. 마지막 글자 '갈'은 자신의 영어이름 '칼'에서 따온 것이다. 그래서 생겨난 이름이 '민병갈'이다.

일찍부터 한자를 익혔던 민병갈은 자신의 한국 이름에 쓸 한자를 고를 때도 한자 실력을 발휘했다. '민병'

민병갈은 주름진 얼굴로 파안대소하는 시골 노인들을 특히 좋아했다.

까지는 더 이상 생각할 여지가 없었으나 문제는 마지막 글자인 '갈' 이었다. 그가 고심 끝에 선택한 한자는 웬만한 옥편에선 찾아보기 어려운 '맑을 갈' 이었다. 인쇄물에서 그의 마지막 이름자가 자주 틀리게 나오는 것은 컴퓨터에 내장이 안 된 희귀한 한자이기 때문이다. 그가 굳이 어려운 한자를 이름자로 고른 것은 맑게 살고 싶은 그의 인생철학에서 비롯됐다.

민병갈이라는 한국 이름이 법적인 효력을 갖게 된 시점은 그가 귀화한 1979년이다. 민병갈은 백인 남성으로는 한국에 귀화한 최초의 인물로 알려져 있다. 여성으로는 이승만 초대 대통령의 부인인 프란체스카 여사 등 한국인 남편을 둔 서양 여성 몇 명이 더 있었다.

그런데 민병갈이라는 이름으로 호적을 신청하는 데 문제가 생겼다. 생각지도 못했던 민씨의 본관을 서류상에 기재해야 했기 때문이다. 본관의 개념을 이해하지 못했던 민병갈은 '태어난 고향의 이름을 따서 펜실베이니아 민씨로 하자' 고 제안했지만 호적계 공무원은 난색을 표명했다. 할 수 없이 친구인 민병도의 본관인 여흥驪興을 따르기로 했다. 그 후 민병갈은 여흥 민씨 명예회원 자격으로 천리포에 문중 원로들을 초대하여 성대한 종친회를 베풀었다.

그 후부터 민병갈은 외국에서 문서에 사인을 할 때도 영어 본명을 쓰지 않고 'Min Byungkal' 이라고 썼다. 특히 그는 한자로 자기 이름을 쓰는 것을 좋아하여 세로로 쓰인 한자 명함을 갖고 다녔다. 전화번호도 아라비아숫자가 아닌 한자로 쓰여 있다. 그의 한자 이름에 흥미를 보이면 이렇게 설명한다.

"나의 성인 민씨의 본관은 여흥이에요. 명성황후도 우리 민씨이지요. 이름은 '남녘 병' 에 초 두 밑에 목마를 갈 자가 붙는 '맑을 갈' 자를 씁니다. 그런데 신문에 난 내 이름을 보면 대부분 초 두를 빼먹어요. 남의 이름을 잘못 표기하는 것은 실례지요."

민병갈의 이 같은 유별난 한국 취향은 족보 등 한국인의 습속에 대한 관심으로 이어졌다. 한번은 '궉䳩' 씨라는 희귀성을 가진 가문이 있다는 이야기를 듣고 일부러 충남 보령군에 있는 주포를 찾아가 문중 원로를 만나보는 열성까지 보였다.

민병갈은 한국인의 전통 생활이 몸에 밴 촌로들을 특별히 좋아했다. 파안대소하는 시골 노인의 주름진 얼굴이 그에겐 더없는 매력이었다. 느티나무 그늘 아래서 쪼그리고 앉아 담소를 즐기는 한가함과 곰방대를 물고 하릴없이 초가집 툇마루를 지키는 느긋함이 정겹기만 했다. 농촌 여행을 즐겼던 민병갈은 세상 급할 일이 없다는 듯 유유히 신작로를 걷는 노인과 마주치게 되면 버릇처럼 차를 멈추고 '안녕하세요' 하며 인사를 건네곤 했다.

천리포엔 그의 노인 친구들이 많다. 모두 농부 아니면 어부들이다. 그 중 한 사람인 김상곤 노인은 민병갈이 세상을 떠났을 때 상여 행렬을 이끄는 모가비 노릇을 맡아 오랜 이방인 친구의 마지막 길을 전송했다.

한복과 한옥을 더 좋아한 서양인

1962년 천리포에 처음으로 땅을 갖게 된 민병갈은 이 곳에 한옥을 짓기로 결심했다. 한국생활이 이미 17년에 접어들었던 그는 서울에서 한옥에서만 살았다. 회현동, 가회동, 현저동 세 곳을 이사 다니면서 그는 한옥의 아름다움에 흠뻑 젖었다. 그가 세 들어 살았던 가회동 집은 구한말 민영환의 종가가 살던 곳으로 서울에서도 알아주는 전통 한옥이었다.

"한옥, 너무 편리하고 좋아요. 겨울에 따뜻하고 여름엔 시원하고……."

1970년 해안 별장을 꿈꾸며 천리포에서 첫 삽질을 할 때 민병갈이 가장 먼저 한 일은 서울에서 낡은 기와집

새마을 운동이 활발하던 때도 민병갈은 수목원의 초가를 지키기 위해 단호히 맞서기도 했다.

© 권태균

을 옮겨 짓는 것이었다. 당시 서울에는 도시계획으로 헐리는 한옥들이 많아 헐값에 얼마든지 구할 수 있었다. 현저동에 살던 그는 근처의 홍제동에서 눈여겨봐 두었던 세 채의 한옥을 사서 천리포로 실어왔다. 대부분 좀이 슬고 휘어진 낡은 목재였지만 원형에 가깝게 복원되었다. 천리포수목원 안에는 모두 열네 채의 한옥이 있다. 그 중 여섯 채는 다른 곳에 있던 기와집을 옮겨 지은 것이고 나머지는 직원용으로 신축한 것이다.

민병갈은 한옥마다 나무 이름을 붙였다. 최근에 옮겨 지은 것 중 소사나무집은 어느 사대부 집 안채였는데, 수목원 내 최고의 명당인 본원의 해안절벽 위에 지어져 10년 넘게 민병갈의 숙소 겸 사무실로 애용됐으나 2000년 여름 화재로 소실됐다. 민병갈은 정든 집을 잃은 것이 아까웠는지 서울 사무실에 소사나무집 사진을 걸어 놓고 추억에 잠기곤 했다. 다른 두 집은 감탕나무집과 소나무집이다.

민병갈은 최고급으로 지은 한옥은 1985년에 완공한 목련집이다. 이 집의 모체는 임화댐 공사로 물에 잠길 운명에 놓여 있던 안동 김씨의 종갓집이다. 지독한 구두쇠였던 민병갈이지만 이 집을 사서 해체 복원하는 데 웬만한 집의 다섯 채 값을 넘게 들였다. 천리포까지 천

리길을 실어온 자재는 트럭 열 대 분량이나 됐으나, 목재가 거의 썩어서 서까래와 기와 정도만 재활용되고 대부분 새 목재를 사용했다. 2년 동안 2억 5천만 원을 들여 힘겹게 완공한 집이었지만 민병갈은 자신이 살지 않고 접대용이나 임대용으로 사용했다.

민병갈이 소사나무집 이후로 30여 년 동안 숙소로 삼은 한옥은 후박집이다. 서울 홍은동에서 옮겨 지은 이 집은 이웃에 있는 고급스런 목련집과는 대조적으로 소박하고 아담하다. 집 안은 과연 서양인이 사는 집인가 하고 의문을 가질 정도로 전통 한식으로 꾸며져 있다. 명필 오세창의 여섯 폭 서도 병풍이 놓인 서재에는 보료가 곱게 깔려 있는가 하면, 그 옆 온돌방엔 옻칠이 된 나무 침상이 예스럽게 놓여 있다. 침상에 깔린 붉고 푸른 공단 보료도 주인의 한식 취향을 잘 말해 줬다.

민병갈은 한옥 중에서 특히 초가집을 좋아했다. 수목원 본원에는 백 년이 넘어 다 쓰러져가는 초가집이 한 채 있었는데 그는 이를 보존하기 위해 온갖 노력을 다 기울였다. 직원을 채용할 때도 지붕 이엉을 잘 매는 농부 출신을 골라 해마다 지붕을 갈게 했다. 다정큼나무집으로 불리는 이 집은 사라져가는 전통 농가에 대한 사랑을 심어주려는 뜻에서 교육생들의 숙소로 활용했다.

민병갈이 그토록 아끼던 다정큼나무집은 한때 강제 철거될 운명에 놓이기도 했다. 온 나라가 새마을 운동에 휘말렸던 1970년대였다. '초가집도 허물고' 라는 새마을 노래를 부르며 농촌개량을 부르짖던 시절이니 수목원의 초가집도 무사하기 어려웠다. 새마을 지도자로부터 헐거나 슬레이트 지붕으로 바꾸라는 요구를 받은 민병갈은 "내 집은 내가 지킨다"고 단호히 맞서 그대로 남게 됐다. 그는 옹기종기 모여 있는 초가집들이 울긋불긋 칠을 한 슬레이트 지붕으로 바뀌는 것을 가슴 아파했다. 민병갈이 그토록 아끼던 이 초가집이 너무 낡아 더 이상 보존하기 어렵게 되자 태안군청은 2004년 여름 5천여만 원을 들여 그 집을 다시 지어줬다.

비싸도 태안에서 사야 해

한국인 틈에서 일하며 언어와 습관을 익히는 동안 민병갈은 한국인의 전통적인 생활 습관이 몸에 배었다. 스테이크나 빵, 버터보다는 밥과 김치를 찾게 되었고, 위스키보다는 소주를 즐기게 되었다. 특히 그는 김치와 깍두기를 즐겨 김장철만 되면 외국인들을 불러 김치파티를 열고 시식회를 가졌다. 그리고 돌아갈 땐 김치 선물을 한 아름씩 안겼다. 생일이면 시루떡을 쪄놓고 친구들과 북과 꽹과리를 두드리며 놀아야 직성이 풀렸다.

그런 생일잔치는 칠순 노인이 되어서도 변함이 없었다. 민병갈은 12월 24일에 태어났기 때문에 생일 파티는 늘 크리스마스 이브에 열렸다. 그러나 그의 생일잔

민병갈은 일주일의 나흘을 서울에서, 나머지 사흘은 천리포에서 보냈다.
겉으로는 서울의 직장인이었으나 마음은 태안의 천리포에 있었다.

치에선 성탄절 분위기나 서양식 파티 분위기를 찾아볼 수 없다. 생일 케이크를 제외하고는 모든 음식은 한식이고 술도 소주 말고는 없다. 주흥이 도도해지면 바지저고리에 마고자를 걸친 주인장의 입에선 민요 가락이 절로 나온다. 그가 즐겨 부르는 노래는 '짜증을 내어서 무엇 하나' 로 시작되는 태평가였다.

민병갈은 평소에도 한복을 즐겨 입었다. 천리포에 수목원을 차린 뒤부터는 개량 한복을 입고 숲 속을 산책하는 것이 큰 즐거움이었다. 금요일 오후엔 어김없이 천리포에 내려오는 그는 한식으로 지은 후박집에서 한복을 입고 독서삼매경에 빠진다. 동양화와 서예 병풍에 둘러싸여 책을 읽는 그의 모습은 영락없는 옛 선비의 자태를 연상하게 한다. 다만 그가 읽는 책이 한서가 아닌 영문 서적이라는 차이점만 있을 뿐이다.

민병갈은 의식 구조도 점점 한국인을 닮아갔다. 고향을 사랑하는 마음도 한국인과 비슷했다. 그는 펜실베이니아에 있는 고향을 사랑하듯이 제2의 고향으로 삼은 태안에도 남다른 애정을 갖고 있었다.

1995년 수목원 본관 건물이 완성되었을 때 민병갈은 책상, 의자, 소파 등의 사무 집기를 새로 장만하기로 했다. 주말에 천리포에 내려온 그는 이튿날 수행비서 이

규현과 태안 읍내의 한 가구점을 찾았다. 마침 마음에 드는 진한 갈색의 마호가니 책상을 발견하고 값을 묻자 가구점 주인은 부자로 소문난 천리포수목원 원장을 알아보고 비싼 값을 불렀다. 민병갈이 주저 없이 값을 치르려 하자 비서가 기겁을 하고 만류했다.

"원장님, 서울에서 사면 이보다 더 좋은 품질에 값이 싸게 먹혀요. 배달료를 합해도 20퍼센트는 줄일 수 있어요."

잠시 망설이던 민병갈은 비서의 어깨를 툭툭 치며 타일렀다.

"괜찮아. 여기서 사는 것이 좋아. 돈 있는 사람들이 서울에서만 물건을 사면 태안에서 장사하는 사람들은 어떻게 살겠어? 나도 태안 사람이니까 태안 물건을 사야 해."

이방인의 후덕에 감동한 가게 주인은 당초 제시한 가격보다 훨씬 싼 값으로 마호가니 책상을 수목원 원장실까지 배달해줬다.

민병갈은 태안 군민으로서 태안산 물건을 좋아했듯이 한국인으로서 국산품을 애용했다. 서울의 연희동 집이나 천리포의 후박집에 가보면 외국산이 눈에 띄지 않았다. 냉장고, 세탁기 등 가전제품은 물론이고 좋아하

는 술도 소주 아니면 정종이다. 담배도 양담배는 입에 물지 않았다. 유일한 외제품인 피아노는 50년 이상 된 고물이다.

민병갈은 마지막 생애 30년 동안 일주일의 나흘을 서울에서 살고, 나머지 2박 3일은 천리포에서 보냈다. 겉으로는 서울의 직장인이었으나 마음은 늘 태안의 천리포에 있었다.

고서점 주인부터 한옥 목수까지

민병갈은 57년을 한국에서 살면서 많은 한국인 친구들을 사귀었다. 그와 친했던 사람들은 시골 농부에서부터 정계와 재계의 거물까지 폭넓고 다양했는데 가까이 지낸 친구들은 예술가, 원예인, 스님 등 보통 사람들이었다. 특히 그와 친했던 한국인들은 나이가 지긋하면서도 외길을 가는 서민풍의 전문가들이 많았다. 동양화가, 아마추어 사진작가, 고서방 주인, 영화 촬영기사, 한옥 목수 등이 그들이다.

지난날을 회고할 때 민 원장은 한국은행 시절을 가장 많이 이야기했다. 한국은행은 그에게 마음의 고향과 다름없었다. 평생 터전이 된 천리포수목원을 갖게 된 것도 한국은행 친구를 따라 만리포 해수욕장에 갔기에 이루어진 것이다. 중앙은행 고문으로서 누리는 풍족한 월급과 넉넉한 여가도 그의 자연 탐사와 식물 공부에 많은 도움을 주었다. 가정부 박순덕의 말에 따르면 1983년 한국은행을 퇴직했을 때 민 원장은 깊은 공허감에 빠져 혼자서 술을 많이 마셨다고 한다.

1953년 한국전쟁의 휴전이 이뤄진 즈음, 학업을 계속하기 위해 미국에 가 있던 그를 다시 한국으로 불러낸 사람은 당시 미국 유학 중이던 신병현 전 한국은행 총재였다. 민병갈은 1954년 가을 다시 한국으로 돌아와 한국은행에서 임시 직원으로 일하다가 이듬해 정식 직원으로 발령받았다. 이때 그는 어느덧 33세의 노총각이 돼 있었다. 그로부터 정년퇴임 때까지 한국은행에서 일하며 필생의 사업인 천리포수목원의 터전을 잡았다.

그는 한국은행에서 많은 친구들을 사귀었다. 특히 그가 평생을 형제처럼 친하게 지낸 한국은행 사람은 총재를 지낸 민병도였다. 그는 민병갈이라는 이름을 갖게 한 장본인이다. 한국은행 조사부 직원이었던 최병우는 한국어 교사이자 절친한 술 친구였다. 후에 《코리아 타임스》 편집국장이 된 그가 종군기자로 대만 취재 중 순직했을 때 민 원장은 며칠 밤을 술로 지새웠다.

민 원장의 한국생활 초기에 가장 많은 영향을 준 사람은 유한양행 설립자인 유일한이었다. 광복 직후 미군정청 직원으로 적산(일본인 재산)을 관리하던 20대의 밀러는 영어를 잘하는 한국인 사업가 유일한과 그의 딸 자네트에게 특별한 매력을 느꼈다. 그 후 민병갈은 유

일한을 친아버지처럼 따랐고, 유일한은 유한양행 주식을 액면가로 원장에게 줘 큰돈을 벌도록 해줬다. 좀처럼 '존경'이라는 말을 쓰지 않는 민병갈이었지만 유일한에게는 각별한 경의를 표시했다.

평생을 나무와 함께 살며 수목원을 경영하다 보니 민 원장은 식물학자나 원예 전문가들과 가까이 지낼 수밖에 없었다. 그리고 이들과 어울리면서 자연히 학계와 문화계 사람들을 많이 알게 됐다. 그러나 그가 인간적으로 가깝게 지냈던 한국인 친구들은 가난한 화가나 서예인 등 그의 업무와 관련 없는 문화계 사람들이 많았다.

1997년 봄, 백발이 성성한 한 노인이 천리포수목원을 찾아왔다. 민 원장은 대뜸 그를 알아보고 반색을 하며 악수한 손을 놓지 못했다. 민 원장이 반긴 산기山氣 선생은 서울 인사동의 고서방 통문관의 주인 이겸로 옹이었다. 그는 1947년 군정 시절부터 민병갈과 아는 사이였다. 미 군정청 관리로 있던 밀러는 한국의 역사와 문화에 관련된 고서와 영문서를 구하기 위해 통문관에 자주 드나들었다. 산기 옹은 후박집에서 하룻밤을 묵으며 민 원장과 반세기가 넘은 우정의 회포를 풀었다.

그러나 산기 옹은 그 후로 민 원장을 다시 만나지 못했다. 그로부터 6년 뒤 나는 인사동에서 산기 선생이 건

재하다는 소식을 듣고 통문관의 2층 사무실을 찾았다. 94세의 고령에도 매일 출근하여 고서를 정리하기 바쁘다는 그는 귀가 좀 어두워졌을 뿐 여전히 꼿꼿한 모습이었다. 그는 자기보다 11세 아래인 민병갈이 세상을 떠난 사실을 알고 크게 마음 아파했다. 그는 한국의 전통 문화에 심취해 있던 민병갈의 젊은 날 모습을 생생히 들려줬다.

"6 · 25전쟁이 끝난 다음 해 밀러가 나를 찾아와 통문관에서 구했던 희귀본 고서들을 전쟁 중에 모두 잃어버렸다고 통탄을 하더군. 부산역 창고에 옮겨놓았던 책들이 화재로 소실됐다며 이번엔 한국의 이름 있는 동양화가와 서도인을 소개해달라는 게야. 그때 내가 소개해 준 사람이 화가로는 청전 이상범, 고암 이응로가 있고 서예가로는 심재 이건직이 있지."

민병갈은 가난한 예술가였던 이응로와 이건직에게 경제적인 도움을 많이 주었다. 고암 이응로 화백에게는 자신이 살던 가회동의 전통 한옥에서 개인전을 갖도록 도와주었다. 프랑스에 가 있던 고암이 1967년 박정희 정권 때 동백림 간첩단 사건에 휘말려 음악가 윤이상과 함께 체포돼 사형 선고를 받는 등 고난을 당했을 때도 민병갈은 아낌없는 도움을 주었다. 군사 정부로부터 자유로운 미국인 입장에 있었던 그는 고암의 프랑스 망명을 지원했다.

민병갈은 6·25전쟁 후 어렵게 지내던 김기창·박래현 부부의 그림을 사주어 생계를 돕기도 했다. 서양화가 박수근과 판화가 배용도 민병갈과 가까이 지내던 예술인이다. 이응로와 이건직은 민병갈의 은혜에 보답하려고 몇 점의 작품을 선물했는데 민병갈은 세상을 떠날 때까지 먼저 간 두 친구의 예술품을 침소 머리맡에 두고 잠을 청했다.

어머니 나무

어머니에 대한 민병갈 원장의 효심은 웬만한 한국인 효자가 따라갈 수 없을 만큼 극진했다. 후박집 앞에 선 목련 한 그루가 그의 갸륵한 효심을 잘 보여준다.

후박집이 올라앉은 작은 언덕에는 목련과 호랑가시 등 수목원의 대표 수종들이 모여 있다. 그 중엔 민병갈이 특별히 좋아하는 세 가지 목련이 있다. 라스베리 펀, 스타워즈, 볼카나. 그가 천리포에 내려오면 라스베리 펀부터 찾았다. 어머니가 세상을 떠난 75세 때부터 그랬다. 그 후 민 원장의 수목원 일과는 이 목련을 찾아 아침 인사를 하는 것으로 시작됐다.

"굿 모닝, 맘!"

민병갈의 인사말은 언제나 똑같았다. 그러면 아침 이슬을 가득 머금은 라스베리 펀은 영롱한 물방울을 굴리며 아들을 반긴다. 3월 중순이면 어김없이 분홍 꽃망울을 터뜨리는 이 목련은 후박집의 거실에서 가장 가까운 곳에 심겨져 있다. 꽃나무 옆엔 그의 효심을 새긴 서양식 비석이 서 있다.

Magnolia x *Loebneri* 'Raspberry Fun'
In Memory of Edna Overfield Miller(1895~1996)

라스베리 펀은 민병갈의 어머니인 에드나 여사가 생전에 가장 좋아했던 목련이다. 민병갈은 1994년 자신이 발견한 이 새로운 변종에 어머니가 좋아하는 나무딸기 라스베리의 이름을 붙였다. 원래의 품종은 레오나드 메셀Leonard Messel이라는 외국산인데, 1987년 씨앗을 들여와 파종한 것이 재배 과정에서 꽃잎이 많고 색깔이 다른 변이체로 나타나 민 원장이 새 이름을 붙여 국제목련학회에 보고한 것이다.

민병갈은 1996년 하늘나라로 떠난 어머니를 그리워하며 이 목련을 자신이 기거하는 후박집 가까운 곳에 옮겨 심었다. 목련 한 그루가 어머니의 넋인 양, 아침마다 그 앞에서 얼굴을 떨구는 민 원장의 모습은 80세가 넘어서도 변함이 없었다.

만약 어머니가 아들이 한국에 나가 사는 것을 끝까지 반대했더라면 지금의 천리포수목원은 존재하지 못했을 것이다. 민병갈은 어머니를 거역하는 일이 없었기 때문이다. 그는 어렸을 때부터 무슨 일을 하든, 반드시 어머니의 허락을 받은 후에야 실행에 옮겼다. 제대 후 국방부에 한국 근무를 신청할 때가 그랬고, 이름을 바꾸고 국적을 옮길 때도 그랬다. 1979년 한국 정부에 귀화 신청을 할 때까지 민병갈은 10년간 어머니의 허락을 기다려야 했다. 에드나는 아들의 마음을 돌리려 애썼으나 결국엔 '네 뜻이 정 그렇다면'이라며 눈물을 머금고 승낙했다.

한때 민 원장은 모든 가족이 한국에 모여 살기를 꿈꾸었다. 우선 워싱턴에서 공무원으로 일하던 어머니를 서울 용산의 미8군 기지에 취직시켰다. 얼마 뒤엔 일본에서 미 해군으로 근무하며 일본 여성과 결혼한 동생 앨버트도 서울로 불러들여 미국 회사에 취직시켰다. 세 식구가 함께 서울에서 살았던 4년이 민 원장에겐 꿈만 같았다. 어머니가 고령으로 한국에서의 직장생활을 끝내자 민병갈은 은퇴 기념으로 세계일주 효도관광을 시

켜드렸다.

말년에 에드나는 고향 펜실베이니아로 돌아가 양로원에 몸을 맡겼다. 민병갈은 매년 두세 차례 어머니를 보러 미국으로 갔고, 다리가 불편한 어머니를 직접 한국으로 모셔오기도 했다. 에드나가 마지막으로 천리포를 방문한 때는 95세이던 1990년이었다.

에드나는 101세까지 장수하고 양로원에서 편안히 세상을 떠났다. 미국에 있는 여동생으로부터 어머니가 별세했다는 전화를 받은 민 원장은 큰 슬픔에 빠졌다. 서둘러 미국으로 가서 장례식을 마치고 돌아온 그의 얼굴은 무척 수척해 있었다. 이때부터 예전보다 말수가 줄어들고 혼자 있는 시간이 부쩍 늘었다. 청력이 눈에 띄게 나빠진 것도 이즈음이었다.

라스베리 편을 바라볼 때마다 민병갈은 어머니에 대한 그리움에 젖었다. 6년 동안 극진한 보살핌을 받았던 후박집 앞의 이 목련은 민 원장이 별세한 이듬해 봄엔 꽃을 피우지 않았다. 나무들의 '반란'은 가을에도 계속됐다. 시럽을 만들기 위해 민병갈이 애지중지 가꿔온 블루베리가 꽃을 안 피워 열매를 맺지 않은 것이다. 나무에게도 슬픔을 견뎌낼 시간이 필요했던가 보다.

민병갈의 어머니에 대한 효심은 한국의 여느 사람을 능가할 정도로 지극했다.

단지 좋아서 했을 뿐

세상을 떠나기 한 달 전, 항암제 치료로 머리카락이 다 빠진 민병갈은 가발을 쓰고 청와대로 향했다. 한국 정부가 그에게 훈장을 수여하기로 했기 때문이다. 몸을 가누기 힘들 정도로 쇠약해져 있었지만 몸이 야위어 헐렁해진 정장을 차려입고 자동차에 몸을 실었다.

훈장 수여식에는 민병갈 일행 말고도 산림청장 등 여러 사람이 참석했다. 무궁화 홀에 나타난 김대중 대통령은 절차에 따라 그에게 금탑 산업훈장을 수여했다. 대통령이 메달을 걸어주는 순간, 민 원장의 얼굴에 가느다란 경련이 일어났다. 한국 생활 반세기만의 영광에 감격해서일까? 아니면 지나온 수많은 세월에 대한 감회 때문이었을까?

그러나 병색이 짙은 이 푸른 눈의 노신사는 이 거북스런 자리를 빨리 뜨고 싶은 생각뿐이었다. 훈장 수여가 끝난 뒤 잠시 대화의 시간을 가진 자리에서 대통령이 먼저 물었다.

"어떤 동기로 그렇게 어려운 일을 하셨습니까?"

민 원장의 대답은 매우 간단했다.

"특별한 이유가 없습니다. 내가 좋아서 했지요."

그 이상 할 말이 없었던 것이다. 훈장을 타고 청와대 뜰로 나왔을 때도 그는 말없이 하늘만 쳐다봤다. 코앞에 있는 북악산에서 시선을 멈춘 그는 한동안 발길을 떼지 못하며 반세기 전의 추억에 잠겼다.

'저 산은 내가 한국에 처음 왔을 때 남산에서 바라본 산이군.'

북악산을 바라보며 가만히 한숨을 짓는 그의 표정은 큰 훈장을 받은 기쁨과는 거리가 멀었다. 시시각각으로 다가오는 죽음의 그림자가 그를 짓누르고 있었던 것이다.

명동 사무실에 돌아와서도 민 원장은 말이 없었다. 훈장 받은 것을 축하하는 말들에 단지 이렇게 대꾸했을 뿐이다.

"어째서 내가 산업훈장을 받아야 하지? 내가 나무로 사업을 했나? 천리포수목원이 한국의 산업 발전에 기여했다고 생각해?"

한숨을 푹 쉬는 그의 얼굴엔 비애와 함께 쓴 웃음이 서려 있었다. 그러나 곧 자신이 제2의 조국으로 삼은 나라의 정부에서 베푼 환대를 떠올리고 마음을 바꾸었다.

"그래도 나는 좋아. 어쨌든 금탑 훈장은 대단한 거잖아!"

어떻게 세계에서 가장 아름다운 수목원을 세우게 되었냐는 대통령의 물음에 민병갈은 "단지 좋아서 했을 뿐"이라고 대답했다.

다시 태어나면 개구리가 되고 싶어

봄을 알리는 첫 번째 천둥이 치고, 그 소리를 들은 벌레들이 땅에서 기어나왔다가 아직 때가 되지 않았음을 알고 다시 놀라 땅속으로 숨어버리는 날. 경칩이 되면 수목원 연못에서 개구리가 울기 시작한다. 개굴개굴개굴……. 민 원장은 미국식으로 '크록크록' 보다 '개굴개굴' 이 더 개구리 답다고 생각했다.

"크록크록은 심심해. 개굴개굴은 촌스러워서 좋아."

민 원장은 개구리의 오랜 팬이었다. 후박집에 가보면 거실 곳곳에 개구리 모형이 놓여 있다. 솜뭉치로 만든 개구리, 플라스틱으로 만든 개구리, 배를 누르면 정말로 개굴개굴 우는 개구리, 노래하는 모습의 개구리……. 그러나 그가 정작 좋아한 것은 살아 있는 개구리였다. 사시사철 볼 수는 없으니 모형이라도 두고 보는 것이었다. 그래서 큰 연못과 논두렁에 개구리들이 합창을 하는 때가 돌아오면 일과가 끝나도 숙소로 돌아갈 생각을 하지 않았다. 초여름이 되면 그는 개구리 음악회를 듣기 위해 창문을 활짝 열어놓고 밤늦도록 원장실에 앉아 있는 날이 많았다.

"나는 죽어서 개구리가 될 거야."

민 원장은 생전에 입버릇처럼 이런 말을 했다. 수목원의 큰 연못과 논 사이엔 돌로 만든 개구리 상이 하나 놓여 있다. 그가 특별히 주문하여 만든 이 돌 조각은 커다란 눈을 뜨고 막 뛰어오를 자세로 엎드려 있다.

병세가 깊어지면서 그는 점점 더 말을 잃어갔다. 천리포에 내려오면 직원들과는 별로 말하지 않고 조용히 연못가 벤치에 앉아 있거나 나무만 바라보다 돌아갔다. 개구리 울음소리가 커지는 밤이 되면 오래도록 연못가에 머물렀다.

월요일 아침, 서울로 돌아가는 민 원장에게 수목원 직원 한 명이 카세트테이프 하나를 선물했다. 큰 연못에서 우는 개구리 소리를 녹음한 것이었다. 서울에 도착할 때까지 그는 내내 눈을 감고 개구리 소리를 들었다. 죽어서 개구리가 되고 싶었던 그의 마음은 수목원의 이곳저곳을 뛰어다니며 나무들을 돌보고 싶은 바람에서 나왔는지 모른다.

민 원장의 한국에서 보낸 삶을 보면 평생 개구리처럼 뛰어다닌 모습이었다. 군복을 벗은 다음엔 한국에 머무르기 위해 백방으로 뛰었고, 한국에 정착한 다음엔 전국의 자연을 섭렵하기 위해 주말에도 쉴 날이 없었다. 수목원을 차린 뒤에는 세계의 나무들을 수집하기 위해 해외 방방곡곡을 뛰었고 그 수목원을 유지하기 위해 돈벌이에 정신이 없었다. 말기 암과 투병 중이던 그는 세상을 떠나기 사흘 전까지 기저귀를 차고 출근했다.

탁월한 투자 전문가였던 민 원장은 한국에서 많은 재산을 모았으나 그 모두를 수목원에 쏟아 부었다. 그의 수집품 중엔 서화와 문헌이 꽤 있으나 단 하나도 해외로 자져간 것이 없다. 서화와 식물관련 도서는 모두 천리포수목원에 유증했다. 그가 수집한 일반도서 중엔 『하멜 표류기』 원본 등 희귀본이 여러 권 있었으나 5천여 권 모두 이화여대 100주년 기념 도서관에 기증했다.

평생 독신이었던 그는 미국에 형제자매가 있었지만 유산을 한 푼도 주지 않았다. 미국 은행에 예치한 10만 달러는 사후에 전액 수목원에 귀속됐다. 그가 치명적인 암 진단을 받았을 때 고국의 혈육들은 미국에 와서 치료를 받으라고 권했지만 끝내 받아들이지 않고 한국병원에서 치료를 받았다. 그가 마지막 숨을 거둔 곳은 그의 주민등록이 올라 있는 태안의 한 작은 병원이었다.

그가 세상을 떠난 뒤 공개된 유언장엔 "나의 모든 재산은 재단법인 천리포수목원에 유증한다"로 적혀 있었다.

한국에 바치는 마지막 선물

2002년 4월 12일, 민 원장이 꽃상여를 타던 날은 천리포에 바람이 많이 불었다. 해안의 곰솔들은 윙윙 소리를 내며 40년 전 자신들이 설 자리를 잡아준 보호자의 죽음을 슬퍼했다. 그토록 아끼던 목련들은 '이젠 누굴 위해 꽃을 피우랴' 는 듯 꽃잎들을 어지러이 흩날리고 있었다. 그 모습은 마치 수많은 나비들이 공중에서 춤을 추며 그의 마지막 길을 전송하는 것 같았다.

11시 정각. "뎅뎅" 긴 여운을 남기는 원불교의 범종 소리가 수목원 경내에 울리며 영결식이 시작됐다. 그는 소박한 장례식을 원했건만 큰 연못가의 잔디밭은 조문객과 조화로 덮여 있었다. 추모객들은 반세기 넘게 이 땅에서 사귄 친구들, 만난 적이 없지만 고인의 나무 사랑에 감동한 사람들이 대부분이었다. 원불교 의식에 따라 진행된 영결식에서 합장 헌화하는 외국인들이 많아 눈길을 끌었다. 그 중엔 그의 오랜 친구였던 루터교의 바틀링 목사와 도로우 목사 내외가 끼어 있었다.

한 중년 여성은 여대생일 때 법주사에서 그를 만난 적이 있다며 멀리 대전에서 찾아왔다. 40여 년 전 강원도 원통에서 산길을 안내한 적이 있다는 한 노인은 그가 보낸 감사의 편지를 회상했다. 고인이 가회동 자택에서 고암 이응로 전시회를 열었을 때 본 청년 민병갈의 수려한 용모를 못 잊어 하는 할머니도 있었다. 이들 모두 민 원장과의 길거나 짧았던 인연을 소중하게 간직하고 있었다.

임산 민병갈의 시신은 원불교 의식으로 영결식이 끝난 뒤 꽃상여로 옮겨졌다. 상여는 수목원 직원들이 '원장님' 의 마지막 길을 동행하기 위해 특별히 마련한 것이었다. 검은 옷에 두건을 쓴 상여꾼들은 모두 민 원장이 10년 넘게 고락을 함께했던 수목원 가족들이었다.

상여를 이끄는 모가비는 그의 마을 친구이자 이웃사촌인 김상곤 노인이 맡았다.

"이제 가면 언제 오나."

모가비가 요령을 딸랑이며 애달프게 선소리를 냈다.

"에 헤이 에 헤이."

상여꾼들의 후소리 합창은 더욱 구슬펐다. 생명의 계절을 맞이하여 초목들은 새싹을 돋우며 싱그러운 날개를 펴고 있었으나 이들을 키운 주인은 차가운 몸으로 상여에 누워 있었다. 상여는 고인의 집무실이 있는 본부 건물을 한 바퀴 돌아 그가 키운 수많은 수목들을 뒤로 두고 다시는 돌아올 수 없는 길을 떠났다.

상여가 언덕을 오를 즈음, 잡고 가던 상여 줄을 놓치지 않으려고 애쓰는 노신사의 발걸음이 불안해 보였다. 그는 민 원장의 평생 친구이자 스승이었던 이창복 박사였다. 그는 83세의 고령에도 불구하고 먼 길을 내려와 두 살 아래인 옛 친구의 마지막 길을 동행하고 있었다.

역시 고인에게 많은 가르침을 주었던 또 다른 친구 이영로 박사는 이보다 나흘 앞서 옛 친구의 빈소를 찾아 자신의 평생 연구가 담긴 『원색한국식물도감』 최신판을 헌정했다. 한국 식물학계의 거목인 두 원로 학자는 이로써 아주 특별했던 한 이방인 친구와의 40년 우정을 마감했다.

이날 장례식의 한 켠에는 민원장을 눈물로 보내는 칠순의 세 여성이 있었다. 연희동 집을 지키며 30년 넘게 뒷바라지를 해준 박순덕, 김옥주 할머니와 수목원 집에서 세 아들을 키우며 15년간 궂은일을 도맡았던 박동희 할머니였다. 젊은 나이에 가정부와 요리사로 들어와 한 집에 살며 고락을 함께했던 이들은 민 원장을 도와 집 안에서 희귀종 외국 나무를 돌보는 나무 간호사 역할도 했다. 평생 결혼을 한 적이 없는 민 원장은 홀몸으로 사는 이들 여성의 헌신적인 보살핌이 있었기에 편안한 한국식 가정생활을 즐길 수 있었다.

상여가 떠난 뒤에도 영결식장의 대형 스크린엔 민 원장의 생전 모습을 담은 비디오 테이프가 그대로 돌아가고 있었다. 그가 남긴 말을 대신 해주는 해설자의 목소리가 확성기를 타고 흘러나와 수목원 경내는 물론, 주변에 사는 마을 사람들의 마음을 숙연하게 했다.

"인생은 길어야 백 년이지만 나무는 천 년까지 삽니다. 나는 적어도 3백 년은 내다보고 수목원을 시작했습니다. 내가 죽은 뒤에도 자식처럼 키운 천리포 나무들은 몇 백 년 더 살며 내가 제2의 조국으로 삼은 한국에 바친 마지막 선물로 남기를 바랍니다. 내가 평생을 통해 나무를 가꾸면서 깨달은 것은 수목원 사업이란 영원한 미완성이라는 것이었습니다."

에필로그

만남과 이별

내가 민병갈 원장을 처음 만난 때는 식목일을 며칠 앞둔 1992년 봄이었다. 신문에 '나무할아버지'의 이야기를 쓰기 위한 대담이 계기가 됐다. 나는 그의 소박한 인간미에 끌려 의도적으로 가까이했고 민 원장 역시 천리포 근처가 고향인 나를 친근한 동향인으로 대해주었다. 이후 우리는 12년 동안 세대를 뛰어넘은 우정을 쌓았다.

나는 한 달에 두세 번 꼴로 민원장의 명동 사무실이나 천리포수목원을 찾아 정담을 나눴다. 그때마다 그는 나에게 많은 이야기를 들려주었는데, 광복 직후 미군 장교로 와서 반세기를 산 체험담이 매우 흥미진진했다. 이 책에 실린 나무에 관한 부분은 불행히도 내가 식물에 문외한이라서 제대로 옮기지 못한 것이 아쉽다.

내가 민 원장을 가까이 하면서 호감을 느낀 것은 동네 할아버지

같은 친근미와 한국인 전형을 닮은 소박한 인간미였다. 특히 나를 사로잡은 것은 그가 돈 많은 서양인으로 한국에 살면서 열심히 수집한 품목이 골동품이나 고서화가 아닌 나무라는 것이었다. 한국이 좋다고 눌러 살았던 많은 외국인들이 말년이 되면 수집품들을 고국으로 가져갔건만 민 원장에게선 그런 모습을 찾아볼 수 없었다. 그는 애초부터 가져갈 수 없는 것을 수집했던 것이다. 한국을 사랑한 외국인으로서 민 원장을 높이 사야 할 부분은 바로 이 대목이 아닐까 싶다.

2002년 3월. 민 원장은 죽음을 예견하고 평소 가까이 지내던 친지 몇 사람을 점심에 초대했다. 밥 한 톨도 입에 넣을 수 없을 만큼 병이 침중해 있던 그는 "음식을 버리게 하면 죄"라는 말로 분위기를 잡으려 애를 썼다. 나는 소위 '최후의 만찬'이란 것을 실제로 겪으면서 마음이 저렸던 그 비애의 시간을 평생 잊지 못한다. 이날 식사가 끝난 뒤 작은 선물꾸러미를 받았는데 나중에 뜯어보니 석고로 만든 작은 개구리상이었다. 그것은 이승에서 맺은 인연을 기념하여 준 마지막 정표였다.

그로부터 한 달 뒤, 민 원장은 태안의 한 병원에서 다시 돌아올 수 없는 길을 떠났다. 그의 장례식 날 석양 무렵, 나는 사사로운 영결을 갖기 위해 막 떼가 입혀진 그의 무덤을 찾았다. 조문객과 상여꾼들이 모두 떠나버린 그의 묘역은 썰렁하기만 했다. 나는 고인이 생전에 좋아했던 진로 소주를 종이컵에 따라 놓고 88라이트 킹 사이즈

담배 한 가치를 불 붙여 봉분에 꽂아놓고 큰 절을 한 다음 이런 하직의 말을 했다.

"할아버지, 부디 소원대로 개구리가 되십시오."

천리포수목원의 큰 연못엔 지금도 돌로 만든 개구리상 하나가 있는데, 어떻게 보면 민 원장의 현신 같기도 하다. '큰 연못'이라고 불리는 그 인공호에 하얀 뭉게구름이 드리울 때가 많다. 그 구름을 볼 때마다 나는 개구리가 된 민 원장이 구름을 타고 그곳에 와서 머무르고 있음을 느낀다.

이 책을 쓰는 데는 많은 분들의 도움을 받았다. 책의 내용을 뒷받침하는 좋은 사진들을 많이 찍어준 사진작가 류기성 님에게 특별한 감사를 드린다. 참고증언을 수없이 해준 이규현 수목원 이사, 민원장의 양아들 송진수 씨, 가정부 박순덕 여사, 그리고 수목원 초창기 민 원장을 도왔던 노일승 씨와 김군소 씨 등에 고마운 마음을 전한다. 책의 모양을 글과 사진으로 예쁘게 잡아준 김영사의 하지영 님과 영문 자료를 챙겨준 최지현 님의 신세도 많았다.

책을 쓰면서 가장 걱정한 것은 천리포수목원이 갖는 식물학적 가치를 제대로 전달하지 못하고 식물의 문외한으로서 내용의 오류를 범하지 않았나 하는 점이었다. 많은 참고 말씀을 해주신 식물학자 이은복 교수와 김용식 교수, 그리고 천리포수목원의 정문영 부장과 김건호 박사에게 감사를 드린다. 식물 분야에서 잘못된 부분이 있으면 전적으로 필자의 책임임을 밝힌다.

민 원장은 나에게 인생의 스승과 같은 분이었다. 검소하고 절도 있는 생활, 끊임없는 탐구력, 따뜻한 인간애, 그리고 의지와 집념의 생활자세 등 나무를 떠나서도 그는 인간적인 매력이 넘치는 '영원한 청년' 이었다. 그와 자주 다니던 명동의 곰국시집을 지날 때면 입버릇처럼 '다데기' 를 찾으며 '나의 전생은 한국인' 이라고 되뇌이던 푸른 눈의 노신사 모습이 떠오른다.

이 책에 쓴 이야기들은 나의 어설픈 눈에 비친 천리포 수목원과 나무에 관련된 민 원장의 단편적인 모습에 불과하다. 서간문 등 그가 남긴 방대한 자료가 정리되면 미군 정보장교 밀러와 한국인 민병갈의 모습을 함께 조명해볼까 한다. 내 서재에 걸린 그가 준 개구리상이 그 일을 하도록 은근히 채근하고 있다.

세대와 의식의 차이를 넘어 나를 손아래 친구로 대해준 민병갈 원장에게 감사를 드리며 저승에서도 나무와 함께 사는 그의 영생을 빈다.

꽃과 나무 이름

쪽수	식물명
9	후박나무 열매
10	에키나세아
14~15	화살나무
16~17	피라칸사, 수선화, 오이풀(왼쪽부터 차례로)
18	튤립
19	독일 가문비 새싹(왼쪽), 클로버(오른쪽)
25	민들레 씨(가운데)와 아주가
36	만병초
37	콜치쿰
38	석산(꽃무릇)
39	앵초류(프리뮬러)
43	곰솔을 타고 오르는 아이비
44	후박나무
47	스태키우르스
48	석산(꽃무릇)
50	보우치나
51	꽃창포
54	백목련
57	엘리자베스 목련
58~59	목련(교배품종)

쪽수	식물명
66	마가목
70~71	단풍나무
76	만병초
77	라스프베리 펀 목련
78~79	부레옥잠, 등골나물류(불로화), 티보우치나(왼쪽부터 차례로)
84~85	수선화
88~89	수선화
90~91	에키나세아
92	민들레(가운데)와 컴프리
104	닻나무(왼쪽), 비비추(오른쪽)
109	목련 가지(왼쪽), 배롱나무 줄기(오른쪽)
110	목련 열매
111	동백의 겨울싹눈
112	비비추류 열매
118~119	목련 품종, 무스카리, 중동해국, 엘로버드 목련(왼쪽부터 차례로)
125	개암나무
130	미국 낙상홍
131	뻐꾹나리
132	백목련, 은목서, 수호초, 낙우송 열매(왼쪽부터 차례로)
134	수국

쪽수	식물명
135	산부추
138~139	백목련, 은목서, 백목련(왼쪽부터 차례로)
143	애스클레피아스 씨앗
144	우산 고로쇠
148	로버 참나무
158	머귀나무
171	애스클레피아스 씨앗
189	별목련
191	낙우송
200	연잎과 열매

In the past decade horticulture

the standard of living in Korea

(Korean Association of Botanical

institutions registered to conserv

those of other countries under

As it has been in the past, Chollipo

plants but it has contributed

the Index Seminum within and

Now we are able to look back